마
탄
의
사
수

마탄의 사수 48

발행일 2021년 5월 3일 초판 1쇄 2021년 5월 10일 | 발행인 김명국 | 책임 편집 황수민 | 제작
최은선 | 발행처 주식회사 인타임 출판 등록 107-88-06434(2013년 11월 11일) 주소 서울시
구로구 디지털로 1길 38-21 이앤씨벤처드림타워 3차 405호 전화 070-7732-6293 팩스
02-855-4572 이메일 in-time@nate.com | ISBN 979-11-03-31750-8 (04810)
979-11-03-31704-1 (세트) | 이 책은 주식회사 인타임이 저작권자와의 계약에 따라 발행한
것이므로 내용의 전부 또는 일부를 사용하려면 반드시 양측의 동의를 받으셔야 합니다. 잘못된 책은
구매처에서 바꿔 드립니다.

마탄의 사수

이수백 게임판타지 장편소설

48

INTIME GAME FANTASY STORY

Der Freischütz
Musketeer

INTIME

차 례

Geschoss 1.

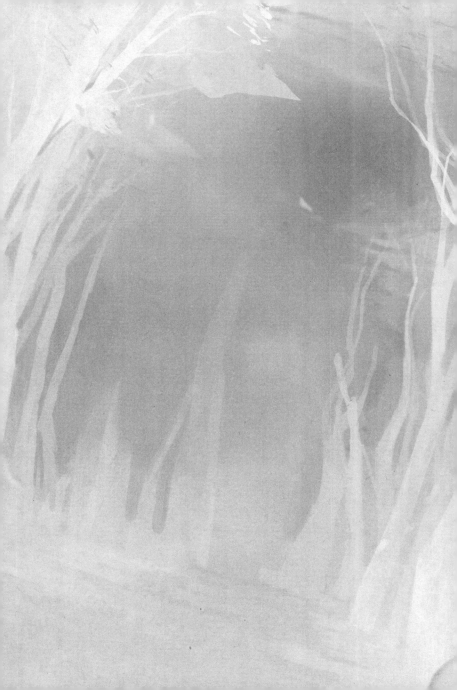

　실질적으로 공격이 진행된 시간은 그리 길지 않았다.

　하물며 이번엔 드래곤들까지 나서서 합동 배리어를 생성시켜 막지 않았던가.

　"그런데도 이렇게나……."

　도시 오트가론의 약 17% 범위에 해당하는 지역이 파괴되었다.

　영상이 아니라 파괴된 실제 도시를 보게 된 몇몇 유저들은 전율을 느낄 정도였다.

　고작 17% 파괴된 도시가 이렇게나 황폐해 보이건만, 80% 이상 폭격 피해 지역이 발생하여 도시의 기능을 잃은 곳은 어떤 상태란 말인가?

　유저들 중 멀쩡한 사람은 알렉산더와 라르크 정도였다.

"막았기 때문에 이 정도였다, 고 생각하는 게 마음 편할 겁니다. 다행히 주요 도로나 시장은 아직 살아 있고."

그간의 피해를 몸소 체험한 라르크는 이번 방어도 훌륭한 수준이라 인정했다.

그리고 또 하나 다행인 점은 브라운의 공격에 규칙성이 없다는 것을 확인했다는 사실이다.

'최초 공격이 성주가 거주하는 내성에 집중되었다는 것을 제외한다면, 도시의 파괴에 특별한 규칙은 없는 건가.'

베일리푸스와 플람므는 그 짧은 찰나 브라운의 모습을 기록했고, 해당 기록 영상은 알렉산더와 이하가 전달되었다.

파괴되지 않은 오트가론의 주점 한구석, 그들이 전세를 내어 다른 유저들이 들어오지 않는 장소에선 브라운으로 추정되는 몬스터가 벽면에 비춰지고 있었다.

"저게 브라운인가……."

"우욱, 저렇게 생겼단 말이에요? 키메라보다 훨씬 끔찍한데?"

루거와 라파엘라가 개인적인 의견을 내는 동안에도, 한 사람은 가만히 그 영상을 바라만 보고 있을 뿐이었다.

간단한 감상을 마친 후에야 라르크는 본론을 꺼냈다.

"자, 그럼 우선 얘기부터 들어 봅시다. 파우스트 처치 과정부터 시작해서 궁금한 게 한두 가지가 아닌데. 그건—."

"말해 줄 의무가 없지 않나, 라르크. 서프라~이즈는 몰라야 재미있는 법이니까."

"응, 그렇게 말할 줄 알았지. 당신이 이런저런 스킬 써서 죽인 걸 굳이 설명해 줄 정도로 바보도 아니고."

웃고 있는 삐뜨르를 보며 라르크는 빠르게 수긍했다.

오히려 삐뜨르가 어떤 식으로 파우스트를 죽였는지 관심을 갖고 있던 라파엘라나 루거 등의 유저가 잠시 움찔거렸을 뿐이었다.

이하 또한 라르크와 마찬가지였다.

파우스트를 어떻게 죽였는지, 그런 건 중요한 게 아니다.

"브라운을, 저게 브라운이 맞는다는 가정하에⋯⋯. 아니, 브라운이 맞겠지. 하여튼 저걸 찾을 수 있는 겁니까?"

삐뜨르는 잠시 이하를 바라보며 웃었다. 그는 긍정도 부정도 하지 않았다.

알렉산더가 차분히 다시 물었다.

"너의 정의는 나와 맞지 않다. 그러나 네 능력이 보통의 인간보다 조금 더 뛰어난 것은 알고 있다. 브라운을 찾을 수 있는가, 삐뜨르."

"부히히힛! 물론입죠, 알렉산더 나으리."

"장난칠 분위기가 아니란 건 알고 있을 텐데."

"장난은 이럴 때 치라고 있는 겁니다요, 뿌흐, 푸히히—."

쾅————!

알렉산더가 탁자를 내리쳤다.

베일리푸스도 불쾌하다는 표정으로 삐뜨르를 노려보고 있
었다.

당연히 삐뜨르는 그런 것에 신경 쓸 유저가 아니었다. 압도
된 바 없이 느긋한 분위기로 일관하는 암살자를 보며 이하는
잠시 다른 생각이 들었다.

먼저 말을 걸어왔던 삐뜨르가 본론을 꺼내지 않고 있다는
뜻은?

"무슨 약점이 잡힌 겁니까, 삐뜨르 씨."

삐뜨르의 몸이 처음으로 움찔거렸다.

이하는 삐뜨르를 정면으로 바라보며 다시 말했다.

"찾을 능력이 있다면— 〈미드나잇 서커스〉의 단장인 당신이
직접 처리하는 게 가장 빠르겠죠. 미니스 왕실에서 어떤 보상을
챙겨 볼 수도 있을 것이고. 그런데도 하지 않았다는 건……. 당
신 스스로 브라운을 처리할 수 없는 상황이거나, 브라운을 감당
할 수 없기 때문일 거예요. 즉, 당신은 브라운에 대해 알고 있다
는 뜻이기도 할 겁니다. 저 낯선 능력에 대해서 말이죠."

브라운을 찾아낼 수 있는 능력이 거짓이 아니라면, 미들 어
스 최고 랭킹의 암살자가 일개 정보원처럼 굴 이유가 없다.

"그럼에도 얘기하지 않고 행동하지 않는다는 건 결국 한 가
지뿐……."

파우스트를 죽이자마자 잠적한 이유.

브라운이 소동을 일으키는 동안에도 잠잠했던 이유.

자리를 마련했음에도 불구하고 본론을 꺼내지 않고 있는 이유.

"아니, 약점이 잡혔다기보다…… 거래겠죠. 파우스트와 무슨 거래를 했습니까."

뻬뜨르는 고민하고 있는 것이다.

이하의 추측은 거의 완벽하게 맞아떨어졌다. 뻬뜨르는 잠시 고민하다 입을 열었다.

"부히히힛……. 맞아."

뻬뜨르는 브라운을 알고 있었다.

"저건 죽일 수가 없는 생명체였어."

심지어 싸워도 본 경력이 있었다. 뻬뜨르의 말을 들으며 드래곤들의 표정이 구겨졌다.

"죽일 수가 없다! 너의 얄팍한 힘이 전부라고 생각하지 마라, 미야우."

"뿌흐흐흐, 근접 공격은 먹히지 않아. 신성력도 먹히지 않지. 신성력은 테스트해 볼 수도 없는 드래곤보다 내가 더 많이 알 것 같은데."

베일리푸스가 곧장 자리에서 일어나려 했으나 그보다 먼저 입을 연 것은 라파엘라였다.

"잠시만요. 〈미드나잇 서커스〉에서 신성력은 어떻게—."

"내가 단장직에 오른 후 〈미드나잇 서커스〉는 미야우 외의 종족도 받고 있다. 무슨 의미인지 알겠지?"

미야우 종족의 암살자 직업군만 받는 게 아니다. 삐뜨르에게는 이전의 단장 NPC와 다르게 유저로서의 권한이 주어진다.

무엇보다 첩보, 암살 집단에게서 다양한 직업군의 활용이 필수라는 것은 치요를 비롯한 다른 유저들을 보며 절실히 느낀 부분이다.

"……사제 직업군이 암살자가 됐다는 건가요? 아니, 그런 일을 했다간 교단에서 용서하지 않을 거예요. 배웠던 스킬이 취소될 수도 있는 선택을 누가 했다는 거죠?"

"에즈웬 교구가 모르게끔 신분을 숨기는 건 일도 아니야. 부히히힛!"

말하자면 〈미드나잇 서커스〉는 삐뜨르 단장 취임 이후 나름대로 개혁이 되어 가고 있었다는 의미다.

충격 받은 라파엘라의 뒤를 이어 알렉산더가 물었다.

"네가 할 수 있는 최선을 보여도 불가능했다는 건가."

"물론."

"그렇다면 그 일을 말하겠다는 저의가 무엇이지. 나는 너보다 강하긴 하지만—."

"으, 으응? 푸흐훗! 알렉산더. 도련님은 이래서 놀리는 재미가 있다니까. 나는 당신한테 말한 게 아니야."

"뭐?"

알렉산더가 기분 나빠 할 틈도 없었다. 이미 브라운에 대해

갖가지 공격을 해서 실패했던 삐뜨르가 그들에게 접촉해 온 이유가 무엇인가.

그의 눈은 한 사람을 향했다.

이하는 삐뜨르와 눈을 마주치고 있었다.

"나, 나?"

"정확히는…….."

삐뜨르의 눈동자는 곧 이하의 옆으로 옮겨졌다. 줄곧 팔짱을 낀 채 삐뜨르를 노려보던 루거의 미간이 씰룩거렸다.

"서론이 더럽게 길군, 아기 고양이."

"그럼 본론만 말하지. 사흘 안에 찾아 주마. 대신 사람 한 명을 〈미드나잇 서커스〉에 가입시키도록 설득해."

삐뜨르는 여전히 웃는 표정이었다. 유저들은 잠시 어리둥절했으나 그것이 크게 어려울 거라는 생각은 들지 않았다.

"누구? 〈미드나잇 서커스〉라면 어차피— 웬만한 유저들이라면 다 들어가고 싶어 할 것 같은데."

"설마 알렉산더 씨나 나한테 들어오라는 얘기는 아닐 테고. 하이하 씨나 루거 씨도 들어갈 것 같진 않은데. 얼토당토않은 제안이라면—."

"부히히힛! 얼토당토않은 건 아니지! 간단한 일이야! 우리 모두가 다 잘 아는 사람이지만 이 자리에 없는 사람! 설득하는 건 일도 아니겠지!"

삐뜨르는 계획이 있었다.

최근 들어 다시 집중 조명을 받게 되었으나 이제 와서는 그 어디에도 소속할 수 없게 된 유저.

　　라르크와 이하는 삐뜨르의 표정을 보고 그가 누구인지 눈치챘다.

　　"설마—."

　　짜르에게서 버림받고, 〈신성 연합〉에도 속할 수 없으며, 마왕군으로 돌아갈 수도 없게 된 랭킹 4위의 버서커.

　　"……이고르?"

　　"빙—고!"

　　삐뜨르가 원한 것은 바로 이고르였다.

　　라르크의 두뇌가 가장 먼저 돌아갔다.

　　이고르가 〈미드나잇 서커스〉에 들어간다면 미니스 왕국 내 세력 구도는 어떻게 변할까.

　　그것은 다른 유저들도 마찬가지였다.

　　암살로 유명한 단체이니만큼 이고르도 그 위력을 십분 발휘할 수 있는 환경이 될 것이다.

　　'목격자가 없으면 암살이다, 라면서 싹 다 죽이고 나올 것 같긴 하지만…….'

　　그의 재빠른 몸놀림은 이미 체카와 함께 그의 뒤를 쫓을 때 느껴 본 적이 있다.

〈베르튜르 기사단〉 소속으로 〈미드나잇 서커스〉를 단속한다는 건 더욱 어려운 일이 될지도 모른다.

하물며 〈신성 연합〉 내에서 〈미드나잇 서커스〉는 활약하지 않는다.

세외 세력처럼 보이는 그들이 어디에 붙어, 어떤 움직임을 보일지 알 수 없는 이상 너무나 불확실한 변수가 아닌가.

다른 유저들이 아직 손익 계산을 못 하고 있을 때, 라르크의 생각은 이미 거기까지 흘러간 상태였다.

비록 말은 하지 않았으나 지금 이 순간 계산이 가장 빠른 건 라르크였다.

"으음……. 이상한데요."

"부흐흐, 뭐가 이상하지?"

그러나 계산을 하지 않은 쪽에는 이하가 있었다.

이고르가 들어가고 어쩌고……. 이하가 생각하고 있던 건 그런 게 아니었다.

"너, 삼총사가 아니면 삼총사를 죽일 수 없다고 생각— 아니, 죽일 수 없다는 '사실'에 대해 알고 있는 거야."

그것은 루거도 마찬가지였다.

이고르가 〈미드나잇 서커스〉에 들어간 이후의 상황? 루거는 관심도 없었다.

루거의 후각과 이하의 의외성은 뻬뜨르가 슬쩍 뱉은 한마디에 집중했다.

이하는 고개를 크게 주억거리며 루거의 말을 받았다.

"나랑 루거가 있으니까 브라운을 찾아 주겠다고 말했다는 게 바로 그런 의미 맞죠?"

삐뜨르는 분명 이하와 루거가 이곳에 있기 때문에 브라운을 찾아 주겠다고 말했다.

바꿔 말하면, 이 두 사람만이 브라운을 죽일 수 있을 거라 확신하고 있다는 의미였다.

삐뜨르는 아무런 말도 하지 않았다.

"그렇게 생각하니 문득 이상하더라고. 삐뜨르 씨, 어떻게 당신이 그런 정보까지 알지? 파우스트가 머리에 총 맞은 놈도 아니고, 적잖이 똑똑한 그 인간이 그런 것까지 말했을 리가 없거든? 아무리 '거래'라 해도 자신의 약점을 노골적으로 말해 줬을 리 없어."

브로우리스, 브라운, 엘리자베스는 잘 운용한다면 로페 대륙의 기존 구도 자체를 무너뜨릴 수 있는 카드다.

파우스트가 아무리 목숨이 급했다 한들 그런 것을 말했을 리 없다.

하물며 파우스트는 목숨을 부지하지도 못했다!

"부히히힛— 약점을 말한 게 아니라 브라운이 어떻게 만들어졌는지에 대한—."

"아니, 그것도 결국 같은 말이야. 약점이든, 브라운의 정체에 대한 설명이든, 조금의 단서라도 될 만한 정보를 파우스트는 결코 말하지 않았을 거야. 그렇다면? 당신이 어디선가 빼앗아 낸 정보겠지. 누군가에게 빼앗았든, 어디선가 빼돌렸든."

이하는 블랙 베스를 들었다.

갑작스런 공격 태세에 삐뜨르의 몸도 굳었다.

루거도 코발트블루 파이톤의 포구를 삐뜨르에게 슬며시 겨눴다.

"자, 여기서 문제입니다. 그럼 삐뜨르 당신이 파우스트와 거래한 정보는 무엇일까? 아니, 당신이 뭘 내났는지는 알 수 없지만……. 나는 파우스트가 뭘 내났는지 알 것 같아."

파우스트는 죽었다.

자신을 살려 달라는 것을 조건으로 삐뜨르와 거래한 게 아니라는 뜻이다.

그렇다면 파우스트가 '목숨보다 더' 중요하게 생각한 조건은 무엇이었을까.

"뭬, 질질 끌 게 뭐 있나. [시티 페클로]에 대한 위치겠지. 애당초 거기까지 기어들어 가지 못한 새끼가 파우스트를 죽일 수 있을 리 없다."

"내 말이 그 말이야. 당신이 우리들에게 시티 페클로에 대한 위치를 말하지 않고 있다면, 으음, 그 대가로 파우스트가 들어주기로 한 건 뭐였으려나? 뭐, 이제 와선 중요한 게 아니지.”

철컥, 철컥—.

“브라운? 날뛰어도 돼. 시티 페클로를 짓밟을 수 있으면 마왕의 조각도 쉽게 찾을 수 있게 될 거야. 그럼 우리의 승리다.”

부우우웅……!

블라우그룬에 의한 공간 결계가 생성되었다.

어느새 이하의 몸에서 떨어져 나간 젤라퐁은 주점의 입구에서 촉수를 잔뜩 세웠다.

“말해, 삐뜨르. 알고 있는 사실 전부 다.”

손 안 대고 코 풀어 보려던 고양이 수인 종족 유저는 졸지에 궁지에 빠진 쥐가 되었다.

“저기, 혹시나 싶어서 덧붙이자면 이고르를 찾는 일은 체카한테 맡기면 금방 끝낼 수 있을 겁니다. 설득은 해 봐야 알겠지만.”

거기에 채찍 뒤에 붙는 라르크의 당근까지.

삐뜨르의 얼굴에 더 이상 웃음은 찾아볼 수 없었다.

그로부터 잠시 후, 이미 유저들은 삐뜨르에 대한 경계를 많이 푼 상태였다.

도망가거나 난동을 부릴지 모른다고 생각했던 것도 잠시,

삐뜨르는 의외로 자신이 알고 있는 정보를 순순히 털어놓고
있었다.

"브라운의 기억만으로 재생된 생명체……?"

"부히히힛. 내가 아는 것도 그게 전부지. 브라운의 기억을
바탕으로 움직일 뿐이야. 저건 브라운이 아니다. 피로트-코
크리가 가져온 작은 살점 조각 같은 것에 기브리드와 피로
트-코크리가 각기 처리를 했다고 하더군."

카즈토르의 집약된 마기가 폭발할 때, 그 사체를 들고 있던
게 바로 브라운이었다.

그 정도 폭발에서 온전한 육신이 남을 수는 없었으리라.

"살점 속에 기억과 관련된 게 있나 싶기도 하지만……. 뭐,
좋아. 그렇게 움직일 수 있다 치자고. 근데 안 죽는 건 어떻
게 된 거야? 기브리드와 피로트-코크리가 그렇게 만들 수
있다고?"

근접 공격과 원거리 공격, 각종 속성 관련 스킬들을 흘려 버
리는 생명체가 있을 수 있을까?

"부힛?! 지금 서프라이즈를 하자는 건가? 죽일 수 있다고
말한 건 내가 아니라 너희들일 텐데?"

삐뜨르는 실실 웃으며 이하의 물음에 답했다.

실제로 브라운을 추적해 주면 죽이겠다고 말한 게 이하였
으므로 이하는 더 이상 물을 수 없었다.

다행이라면 이곳엔 유저들만 있는 게 아니라는 것.

이해가 불가능한 정보를 해석해 주는 존재들이 입을 열었다.

"음······. 언데드는 단순히 시체가 있는 곳에서, 해당 시체만을 일으키는 게 아니다. 모든 대지에는 생명의 에너지 못지않게 죽음의 에너지도 담겨 있지."

"맞습니다. 동, 식물의 죽음 또한 되살릴 수 있는 게 바로 네크로맨서들이고······. 하물며 그 정점에 있다고 볼 수 있는 마왕의 조각 중 하나라면, 대지에서 에너지를 뽑아내어 언데드로 일으키는 게 아니라, 대지로 에너지를 주입시켜 분산시켜 버릴 수도 있다는 이야기 같군요."

"어쩌면 대지를 통해 보고, 듣고, 느낄 수 있을지도 모릅니다. 배리어를 형성하는 드래곤을 곧장 노린 포격 솜씨며, 여기, 루비니라는 자가 지도를 켜는 즉시 그쪽을 공격했으니까요."

베일리푸스, 플람므, 블라우그룬이 연달아 설명했다.

간단히 말하자면 브라운은 대지로 에너지를 흩뿌리는 것뿐만이 아니라, 대지에게서 얻은 정보를 흡수할 수도 있다는 뜻이었다.

'그래서 그렇게 멀리 떨어진 장소에서도 루비니의 위치를 바로 파악한 건가? 땅을 통해 봤다고?'

마치 정령사와 같은 개념이라는 것일까. 어쨌든 그가 어떻게 루비니를 봤는지는 중요한 게 아니었다.

피격 에너지를 대지로 분산시켜 버리면 도대체 그런 생명체는 어떻게 죽일 수 있는가.

생각해 볼 수 있는 가설은 몇 가지 없었다.

1. 모든 공격을 흘린다. 이 경우 본체가 받는 피해는 0.

2. 어느 정도 비율로 데미지를 흘려 내고 남은 피해는 흡수한다. 이 경우 죽지 않았던 것은 HP가 상상 이상으로 많았기 때문이라 볼 수 있다.

그러나 1이든 2든, 터무니없는 건 사실이었다.

"말도 안 돼. 블라우그룬 씨? 그럼 피로트-코크리는 영원히 죽지 않는다는 건가요?"

그렇다면 그런 생명체를 만들어 낸 마왕의 조각들은?

이하의 물음에 블라우그룬은 재빨리 고개를 저었다.

"아뇨, 그럴 리는 없을 겁니다. 방금 여기 미야우가 말한 것처럼, 그런 공격을 받아서 흡수할 수 있는— 말하자면 키메라의 특성이 이미 담겨 있기 때문에 가능한 것이죠. 기브리드나 피로트-코크리, 각기 다른 두 개체들은 그렇게 공격을 받아 낼 수 없을 거예요."

"아……."

"기브리드의 경우라면 공격을 흡수한 적이 있지. 그것이 무효화의 흡수인지, 단지 공격 효과만 흡수했을 뿐 데미지가 적용되었는지까지는 알 수 없지만."

알렉산더도 블라우그룬의 말을 들으며 언젠가의 과거를 떠올렸다.

실제로 기브리드가 만든 하찮은 키메라들조차 웬만한 공격은 흡수하거나 튕겨 내는 모습을 보인 적이 있다.

기브리드를 실제로 상대했던 유저들이라면 그가 거의 모든 공격을 빨아들였다는 걸 기억하고 있었다.

"부히힛……. 내가 아는 것도 그 정도다. 그들이 만들어진 직후에 마왕군 유저들이 온갖 테스트를 해 봤지만 브로우리스는 '때릴 수' 없었고, 브라운은 '죽일 수' 없었으며, 엘리자베스는 '볼 수'도 없었다, 라고 하더군."

뻬뜨르는 다소 암울해진 장내 분위기를 살피며 다시금 미소를 지었다.

"그런데도 죽일 수 있을까나~?"

그는 이 상황을 즐기는 것처럼 말했다. 이하의 표정은 여전히 굳은 상태였다.

엘리자베스의 경우도 몹시 궁금했지만 지금 중요한 것은 브라운이다.

비단 뻬뜨르의 도발이 아니더라도, 공격을 대지로 토해 버리는 존재를 어떻게 죽일 수 있을까.

'본질에 타격을 가하는 능력이 있어도 안 된다는 거야, 블랙?'

—큭큭……. 놈이 생명체가 아니라고 하지 않았나. 놈의 본질은 대지, 그 자체다.—

블랙 베스에게 물어도 마찬가지였다. 실제로 〈하얀 죽음〉조차 통하지 않았다.

레이저가 브라운의 몸에 쏘아졌을 때, 새카만 땅의 범위가 갑작스레 넓어진 게 전부이지 않았나.

'죽일 수 없는 몬스터라니⋯⋯. 아니, 그래도 피로트-코크리나 기브리드가 그런 능력이 없어서 다행—.'

무언가 생각하던 이하는 갑자기 온몸의 털이 주뼛 서는 느낌을 받았다.

피로트-코크리나 기브리드는 할 수 없다. 하지만⋯⋯.

"죽일 수 있어."

"음? 루거?"

이하의 생각을 끊은 건 루거였다. 처음 이야기를 들을 때부터 그는 아무 말도 하지 않고 있었다.

줄곧 조용히 있던 루거의 말을 들으며 알렉산더가 나섰다.

"⋯⋯만용은 금물이다. 삐뜨르의 도움을 받는다 해도 그를 추적할 수 있는 기회는 많지 않을 터. 확실한 해결책이 있을 때 움직여야 한다."

루거는 알렉산더의 말을 들으며 콧방귀를 뀌었다.

"잘난 척은⋯⋯. 나도 알아. 그래서 하는 말이다, 멍청한 창잽이 새끼."

"이 자식이, 자꾸 선을 넘는 행동을 하면 나도 참을 수—."

"할 수 있다고 했다. 너희는 못 하지만 나는⋯⋯ 할 수 있어."

루거는 발끈하는 알렉산더를 무시하며 장내에 있는 유저들과 눈을 마주쳤다.

한 사람, 한 사람 빠르게 훑어간 그의 눈동자가 멈췄을 때, 이하는 루거를 마주 보고 있었다.

맹렬하게 타오르는 루거의 눈을 보며 이하는 그가 무엇을 원하는지 알 수 있었다.

"전투 방식 자체는 이번과 비슷하겠군. 아마 노리는 것은 포격전. 그리고 루거 당신이 원하는 건……."

이하는 문득 조금 전의 전투가 떠올랐다. 그는 정말로 브라운을 죽일 수 있었을지도 모른다.

오히려 그것을 믿지 않고 이것저것 테스트했던 것은 자신과 드래곤들이지 않을까.

두 발을 쐈음에도 브라운을 맞추지 못했던 루거에게 필요한 것은 하나뿐이었다.

"눈."

루거는 한마디로 끝냈다.

위치 정보가 아니라 확실하게 목표물에 닿을 수 있는 눈.

이하는 고개를 끄덕였다. 루거가 필요로 하는 건 바로 저격수의 확실한 탄도 계산이었다.

라르크도 이하와 루거를 번갈아 보았다.

더 이상 말은 필요 없었다.

"그럼 시티 페클로의 위치는……."

"부히히힛. 브라운을 처리하는 꼴을 보고 나서 일러 주지. 뾰오옹~!"

말이 끝나기 무섭게 삐뜨르의 모습이 사라졌다.

드래곤들이 흠칫거리며 놀랄 정도로 한순간에 벌어진 일에, 라르크와 이하의 눈초리가 가늘어졌다.

—삐뜨르 이 인간……. 처음부터 도망갈 수 있었나 본데요?

—애초에 이고르를 찾아 달라 어쩐다 할 때부터 이상했지. 설득이 될지, 안 될지도 모르는 데다 뭐, 실제로 그쪽 세력에 붙을 가능성이 있긴 하지만……. '정보의 거래'치고는 수지가 좀 안 맞지 않았겠어요?

이하와 라르크는 동시에 고개를 끄덕였다. 서로 생각하고 있는 점은 같았다.

삐뜨르가 이 정보를 이기적으로 활용하려 했다면, 심지어 이 정도 능력까지 갖고 있었다면 처음부터 그렇게 했을 것이다.

그러나 굳이 '당한 척'을 하면서 정보를 술술 털어놓은 이유는?

'말할 명분이 필요했다는 건가. 미들 어스가 무너지면 〈미드나잇 서커스〉고 뭐고 전부 끝이니까.'

스스로 정보를 바친다는 느낌보다는, 어쩔 수 없이 협력하는 척하고 싶어서였을까.

'능력의 과시일 수도 있겠군. 쩝, 적어도 랭킹 1위와 그 파트너 드래곤의 손아귀에서 자신의 힘으로 빠져나간 셈이기도

하니…….'

　거기에 더해 〈미드나잇 서커스〉의 단장이 지닌 힘을 보여
줄 기회라고 생각했을 수도 있다.

　당연히 라르크와 이하는 그의 정확한 사정을 알 수 없었다.

　사실 삐뜨르는 파우스트가 했던 약속이 제대로 지켜지지
않고 있었기에 움직인 것이었다.

　브라운에 의해 〈미드나잇 서커스〉의 후원자들인 귀족 NPC
가 세 명 당했다. 거기까지는 크게 위협적인 사건이 아니었다.

　그러나 파우스트는 여전히 로그인이 불가능한 상태이므로
세세한 통제가 불가능해지지 않았나.

　자신의 후원자들이 있는 도시는 계속해서 파괴되어 나갈
것이다.

　실제로 삐뜨르는 폭주하는 브라운을 잡기 위해 노력해 보
았으나 죽이지 못했다. 삐뜨르의 생각이 바뀐 건 바로 그 즈
음이었다.

　무슨 짓을 써도 잡을 수 없는 브라운을 정말 〈신성 연합〉의
유저들이 죽일 수 있다면?

　자신은 더 이상 아무 손해 없이 시티 페클로의 위치를 털어
놓아도 된다.

　"브라운을 못 죽인다면 나머지 얘기는 말할 필요도 없겠지."

　반대로 위치를 확보해 줬음에도 브라운을 죽이지 못할 경

우에는?

삐뜨르가 얻은 정보는 삼총사의 부활 방법이나 시티 페클로의 위치 등이 전부가 아니다.

그는 마왕군 유저들이 공통적으로 받은 퀘스트의 정보도 알고 있었다.

"서프라——이즈까지 103일 남았으니까. 부히히힛!"

앞으로 103일 안에 마왕의 조각을 멈추게 하지 못한다면 마왕이 부활한다는 사실까지도……

미들 어스는 조용하게, 그러나 꾸준히 진행되고 있었다.

미들 어스의 이틀은 빠르게 흘렀다.

삐뜨르가 언제 연락을 해 올지 알 수 없었으므로 이하와 루거는 오트가론을 기점으로 미니스의 주요 도시들을 전부 수정구에 저장해 두었고, 라르크는 컬러 드래곤 플람므의 도움을 받아 역시 주요 도시의 방어 거점을 구축해 둔 상태였다.

마나 탐지가 무용화되며 잠시 할 일을 잃은 드래곤들을 라르크가 교묘히 구워삶은 결과였다.

루비니와 라파엘라도 어딘가로 움직일 수는 없었다.

삐뜨르가 어떤 식으로 정보를 찾아와 줄지 알 수 없었고, 대략적인 지역만 말한다면 결국 세부 탐색은 루비니의 지도에 의존해야 했기 때문이다.

"기왕 루비니 씨의 보호자로 움직일 거면 에즈웬의 NPC들이라도 데려왔어야 했는데 말이죠."

"음? 왜요?"

"제가 브라운 제거에 한 힘을 보탰다는 걸 보여 줘야 또……평판이 올라가지 않겠어요?"

라파엘라의 너무나 노골적인 답변에 이하는 잠시 할 말을 잃었다.

코발트블루 파이톤의 포신을 닦던 루거가 코웃음을 쳤다.

"하! 성녀라는 이름이 아깝군. 미들 어스에서 내가 본 사람 중에 제일 세속적인 사람이ㅡ."

"빠질까요?"

"퉤."

그러나 라파엘라의 한마디면 그는 입을 다물어야 했다.

루비니를 지켜 주지 못한다면 브라운을 찾는다 해도 싸울 방법을 잃게 되니까.

"정말 할 수 있는 거겠지, 루거."

"넌 이번에 할 일 없으니 닥치고 보기나 해. 황금 도마뱀, 너는 나만 잘 지켜라."

"이익ㅡ 감히 또 그따위 망발을……!"

알렉산더가 발끈했으나 루거를 곧장 공격하진 않았다. 브라운의 공격은 매섭다. 라파엘라 혼자서 루비니와 루거를 다지킬 수 없다.

당연히 베일리푸스가 필요했고, 그가 루거를 추가적으로 보호하기로 한 것이었다.

"하이하 님께서는……."

"뭐, 우리까지 걱정할 필요는 없을 거예요. 어쨌든 브라운은 공격의 우선순위가 있으니까."

드래곤들과 함께 인근에 있을 때에도 브라운은 자신을 공격하지 않았다.

도시에서 배리어를 만들던 드래곤들에게 화력을 집중시켰을 뿐이다.

'괜찮아……. 준비는 완벽하다.'

모든 준비가 끝나고 약 4시간여.

삐쯔르가 브라운을 찾겠다고 나선 지 이틀 반나절이 막 지날 무렵, 마침내 연락이 왔다.

"여기는……."

"과연. 주요 도시에서 대기하고 있었다간 또 당할 뻔했군."

삐쯔르가 알려 준 곳은 미니스의 제5도시니, 제6도시니 하는 곳이 아니었다. 서부로 뻗은 미니스의 국경 중 미개척지와 맞닿아 있는 성이자 요새의 인근.

이하와 루거의 수정구에도 비교적 최근에 추가된 지역 중 한군데였다.

─라르크 씨, 라르크 씨는─.

─브라운이 또 어떻게 이동해서 어디를 공격할지 모르니 저는 드래곤을 지휘하겠습니다.

─역시. 부탁해요.

이하와 유저들은 곧장 텔레포트했다.

모두들 호흡을 가다듬었다.

삐뜨르에 의하면 브라운은 요새의 인근 숲속에 있다. 그는 아직 어디도 공격하지 않은 상태다.

그러나 삐뜨르에게 들었던 그의 특징을 고려할 때…….

"시작합니다. 〈에어리어 매핑〉."

루비니가 스킬을 개시하자마자 바람 소리가 들리는 건 당연한 일이었다.

"온─."

콰아아아아──────────이!

루비니의 머리 위에서 화염이 솟구쳤다.

대지를 통해 주변을 살피는 브라운은 루비니나 프레아 등과 유사한 '시야'를 지니고 있다고 봐야 했다.

'하지만 너무 빨라. 이렇게까지 빠르게……. 사용하는 공격

형태도 벙커 버스터면서, 우리를 발견하는 건 진짜 폭격기에서 바라보듯 하는 건가!?'

위성을 통해 목표물을 확인하고 가격하는 정밀 타격 시스템에 견줄 법한 반응 속도.

현재 미들 어스 내를 통틀어도 브라운 정도의 강력함을 자랑하는 생명체는 손에 꼽을 것이다.

"반경 확장 중, 5km……. 6km……."

그런 공격에도 루비니는 태연하게 지도를 살피고 있었다.

루비니의 캐스팅과 동시에 쉴드와 배리어를 만들던 라파엘라, 블라우그룬 덕분에 그녀에겐 아무런 피해도 가지 않았기 때문이다.

"역시 강해요! 빨리 찾아야—."

다시 한 번 폭발이 일어났다. 라파엘라의 몸이 부르르 떨릴 정도의 힘이 전달되었다.

"블라우그룬 씨! 얼마나 더 버틸 수 있을 것 같아요?"

"아직— 괜찮습니다. 현재 공격 속도와 강도라면 적어도 7분 이상은 버틸 수 있습니다."

"7분……."

이하의 표정은 묘했다. 그저 기뻐할 수만은 없었다.

제4도시에서 컬러 드래곤과 함께 방어할 때도 블라우그룬은 그 정도로 오래 버티지 못했다.

라파엘라가 컬러 드래곤의 배리어와 유사하거나 조금 더

강한 수준이라고 인정해도, 7분까지 버틸 수 있는 이유는 따로 있을 것이다.

"7km……. 8km……."

"역시. 이번에는 훨씬 멀다는 뜻이야."

포탄이 날아오며 운동 에너지를 얼마간 잃을 정도로 거리가 멀다는 뜻일 테니까.

이하는 루거를 보았다.

루거는 코발트블루 파이톤을 들고 있었다.

아직 〈아흐트-아흐트〉는 사용하지 않았으나 그의 표정 또한 밝지만은 않았다.

"9km……. 아. 찾았─습니다! 북서쪽 9.73km 밖이에요. 이 점의 중심이 브라운의 위치라고 보자면, 위치는 여기!"

루비니가 마침내 찾아낸 브라운과의 거리는 무려 10km에 달할 정도였다.

이하와 루거의 표정이 동시에 일그러졌다.

"사실상 10km……. 할 수 있냐고 안 물어볼게. 지금의 나도 맞출 수 없는 거리야."

이하가 스킬 〈스나이프〉와 〈관절 고착〉 상부, 하부를 모두 사용해서 온몸을 고정시켰을 때, 블랙 베스를 사용한 최대 사거리는 약 9,100m가량이다.

하물며 저격총은 단순히 총구의 각도를 올린다고 거리가 월등하게 늘어나는 것도 아니다.

데미지가 줄어들 것을 각오하며 곡사의 형태로 사용한다면 약간의 거리는 벌 수 있을지 모른다.

그러나 그렇게 벌어들이는 거리도 1km가 되진 않는다.

저격총조차 닿지 않는 10km의 거리를 루거가 맞출 수 있을 리 없다.

"우선 이동해야 해. 브라운의 포격을 피해서 조금이라도 전진하면 어떻게든—."

"브라운이 도망갈 가능성이 있다."

재빨리 이동하려던 이하였으나 루거는 움직이지 않았다.

이하는 그 답변을 들으며 입술을 깨물었다.

브라운이 한자리에만 있을 거라는 보장은 없다. 루비니를 돌려보내고 접근하든 함께 접근하든 아군이 접근하면 도망갈 가능성이 있다.

"그렇다고 10km를 맞출 순 없어. 여기서 맞출 수 있다고?"

"저 지도는 보통 지도가 아니다."

"알아. 사실상 GPS 기능이 있으니, 우리 쪽 좌표와 저쪽 좌표를 딸 수도 있지! 하지만 다르잖아? 제기랄, 요 며칠 나도 놀기만 한 건 아니야!"

저격과 포격은 다르다.

루거가 자신의 눈이 되어 달라는 말을 직접적으로 할 정도였다.

그가 이하 자신에게 의지하는 모습을 보였는데 어찌 자신이 가만히 있을 수 있을까.

기억도 제대로 나지 않는 포병 용어를 더듬어 올라가고, 극히 짧은 시간 동안 로그아웃하여 모은 자료들을 미들 어스 안에서 공부하고 외운 이하였기에 알 수 있었다.

'방위각을 잡는 것조차 달라. 애초에 각도가 아니라 밀Mil 단위를 사용한다.'

360도가 아니라 6400밀이다.

그토록 세분화된 밀 단위를 사용해도, 포의 좌/우 방향을 잡는 편각에서 약 1밀이 벗어날 경우, 1km 거리의 목표물에서 1m가 벗어나게 된다.

루거가 지난날 목표물에서 130m와 77m가량 떨어진 지점을 타격한 건 어찌 보면 당연하다는 뜻이기도 했다.

그것도 전방 6km 수준의 목표물에게서 그토록 벗어난 루거가, 이제 와서 10km 가까이 떨어진 목표물에 정밀 타격을 할 수 있을까.

루거의 눈썹이 움찔거렸다.

마치 이하가 무슨 말을 하려는지 다 안다는 표정으로, 그는 천천히 입을 열었다.

"……네놈이 있지 않나."

"뭐?"

"자신 없나. 네 눈이라면…… 쏠 수 있어."

그 와중에도 브라운의 포격은 계속되고 있었다. 합리적으로 생각하자면 이동하는 게 당연했다.

그러나 그것은 위험하다.

루비니가 스킬을 사용하자마자 포격한 게 벌써 몇 번째, 이 곳에 누가 있는지 브라운은 다 알고 있을 것이며, 위협이 느껴질 경우 저번처럼 도망갈 가능성이 높다.

현시점에서 브라운을 완벽하게 타격할 가능성이 있다면 단 하나.

아직 브라운이 모르는 형태의 공격을 해야 한다는 점이다.

그리고 그것이 가능한 이유도 있었다.

"거리는."

10km에 도달할 수 있다는 뜻인가. 현재 이하 자신도 할 수 없는 정도의 초장거리 공격이 가능한가.

루거는 고개를 끄덕였다.

"단 한 번뿐이지만, 10km 범위 이내라면 쏠 수 있다."

이하는 물론 키드에게조차 숨기고 있던 루거의 한 방이 있었다.

10km의 공격이 가능하다면?

이하는 잠시 고민했으나 역시 답은 하나뿐이었다.

지금 '가장 가능성이 높은 공격'을 행하는 게 합리적이지 않은가.

"알았어. 현재 위치에서 방열Laying."

"〈아흐트-아흐트〉."

이하가 고개를 끄덕이기 무섭게 루거는 스킬을 사용했다.

쾅아아아아——————ㅇ!

"꺄아아악! 가, 강해졌어!?"

"크윽, 하이하 님!"

그 순간, 브라운의 공격이 더욱 거세어졌다.

Geschoss 2,

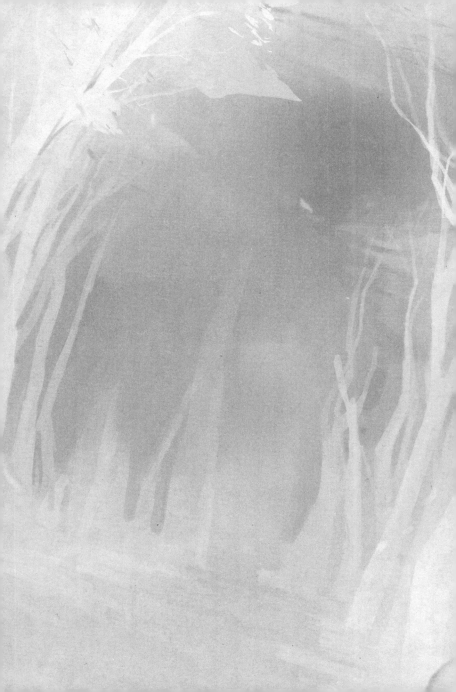

"버틸 수 있을 만큼 버텨 주세요! 조금만 더!"

이 시점에서 결국 이하는 인정해야 했다.

브라운은 확실히 이 모든 곳과 모든 것을 보고 있다. 자신의 생각대로 접근했다면 도망갔을 가능성이 컸으리라.

'그리고 공격이 강해졌다는 건 역시—.'

브라운도 루거의 스킬을 '불안 요소' 정도로 인식은 하고 있다는 의미!

"한 발이다, 하이하!"

"알고 있어, 기다려 봐!"

평소와는 전혀 다른 형태의 저격이다.

목표물을 보고 쏘는 것이라면 얼마든지 가능하다. 해당 목표물과 이하 자신 사이에 흐르는 바람의 결까지 알 수 있을 정도다.

그러나 지금은 아니다. 오직 지도만을 보고 계산을 끝내야
한다.

단순히 편각과 사각의 밀Mil만 볼 게 아니다.

공기의 밀도를 포함한 대기의 상황이 어떤지, 곡사로 포를
쐈을 때 적용되는 중력 가속도는 얼마나 되는지.

10km라면 자전의 영향까지 받는 거리다.

현대식 포병이라도 포병의 사격을 위한 사격 지휘FDC―Fire
Direction Center―는 최소 3인 이상의 계산병으로 이루어져
있다.

과거로 돌아가자면 훨씬 더 많은 정보를 수집, 계산할 인력
이 필요하다.

당장의 계산을 할 수 없다면, 적어도 기준이 되어 줄 사표
Firing table라도 있어야 한다.

'하지만…….'

그런 걸 기대할 수 없다. 이 모든 일을 홀로, 지금 이 자리
에서 직접 계산해야 한다.

심지어 명확히 드러난 수치도 없이, 이하 자신이 겪었던 경
험을 기반 삼아…….

콰아아아아―――――――― 으!

그것도 시간에 쫓기는 상태로.

"후우우……."

블라우그룬과 라파엘라의 신음을 들으며 이하는 마침내 호흡을 가다듬었다.

'포격도 결국 사격이다.'

저격과는 다르다. 하지만 사격이라는 범주 안에선 같다. 이하는 루거의 곁에 섰다.

〈아흐트─아흐트〉 상태의 거대한 포신을 들고, 힘줄이 불끈 솟은 팔뚝으로 루거는 이하를 기다리고 있었다.

두 사람이 눈을 마주친 것은 찰나의 시간이었다.

"편각!"

"편각 설정."

"편각 오천팔백육십─……. 아니, 오천팔백팔십!"

"편각 확인, 편각 오천팔백팔십."

루거는 아주 천천히 좌측으로 움직였다. 이하는 루거의 뒤에 딱 붙었다.

루거가 보는 것과 같은 것을 보기 위하여.

"정확히 10km까지 쏠 수 있는 거야?"

"아마도. 9.73km까지 닿을 순 있다."

"저번에 말해 준 포구 속도랑 같고?"

"그렇다."

대화를 하면서도 두 사람은 한 호흡으로 숨을 쉬었다.

"좋아 그럼……. 사각!"

"사각 설정."

"……사각 천이백십칠."

"사각 확인, 사각 천이백십칠."

루거는 덤덤히 말하며 포신을 조정했다. 아주 미세하고 느릿한 움직임에 라파엘라의 애간장이 다 타들어 갈 지경이었다.

"빨리— 꺄악— 이제 2분도 못 버틸 것 같아요!"

"하이하 님!"

"조금만 기다려요. 예상 착탄 시간은 대략 29.3초! 세팅만 맞추면 되니까—."

루거는 주변의 소음과 관계없이 천천히 움직였다. 그게 얼마나 미세하고 섬세한 작업인지 알고 있었기에 이하도 독촉하지 않았다.

그러나 궁금한 점은 있었다.

"확실하냐고 물어보지 않네?"

"실패했다간 네놈이 뒤질 텐데, 설마 개떡같이 하진 않았겠지."

"낄낄, 믿는다는 거지?"

루거는 답하지 않았다. 그러나 이하는 루거의 표정만으로도 알 수 있었다.

덜컥, 그 순간 루거의 움직임이 멈췄다.

그의 정신에는 한 치의 의심도 없다.

그의 몸은 한 치의 떨림도 없다.

〈코발트블루 파이톤〉은 그 어느 때보다 빛나고 있었다.

포신의 폭발 위험까지 감수해 가며 쏠 수 있는 단 한 발의 모험을 앞두고도 이하와 루거는 같은 호흡을 유지했다.

　사격을 앞두고 흥분할 필요는 없다. 더없이 차분한 목소리로 이하는 지시를 내렸다.

　"사격."

　루거 또한 덤덤한 목소리로 복명복창했다.

　"사격, 〈와인드 업〉."

　그의 몸이 잠시 움찔거렸다.

───────────────────────!

　[묘오옹─!]

　"우왁!"

　그와 동시에 젤라퐁이 자동 방어를 펼칠 정도의 후폭풍이 일었다.

　방어막을 유지하던 라파엘라와 블라우그룬마저도 한눈을 돌릴 정도의 위력!

　"하아, 하아."

　루거는 가쁜 숨을 몰아쉬며 주저앉았다.

　〈아흐트─아흐트〉는 이미 해지된 상태였다. 여느 때와 같은 코발트블루 파이톤을 들고 그는 하늘을 노려보았다.

　"끼야아앙, 어떻게 된 거예요? 잡았어요?"

　"아직……. 아직 도달 안 했을 거예요."

　이하는 초조하게 시간을 세고 있었다. 루거는 그제야 평소

다운 비릿한 웃음을 머금었다.

"네놈의 계산이 틀렸다면 영원히 도달할 수 없겠지."

톡 쏘는 말투를 들으면서도 이하는 어쩐지 웃음이 났다.

루거는 이하가 틀렸다고 생각하지 않고 있다. 하물며 저 자신감은 어디서 나오는 것인가.

"웃기고 있네. 내 계산이 맞아도 네가 브라운을 죽일 기술이 없으면 끝이야."

"흥."

반드시 브라운을 제거할 수 있다는 믿음. 거기까지 생각이 닿자 이하는 의문이 들었다.

루비니도 같은 의문을 품고 있었다.

"제 지도에도 루거 님의 공격은 표시되지 않습니다. 적중 여부에 대해서는……."

공격 적중은 어떻게 알 수 있는가. 브라운이 죽으며 퀘스트가 자동 클리어되는 것으로 확인하는 걸까?

루비니의 물음에도 루거는 자신만만이었다.

"걱정하지 마, 안대녀. 그건 내가 알 수 있다."

유저들이 루거가 믿고 있는 게 무엇인지 알기까지는 약 20초가량의 시간이 더 걸린 다음이었다.

"예상 착탄 시간까지 앞으로 3초, 2초—."

이하도 카운트다운을 마쳤다.

"—1초!"

이하의 말이 끝나기 무섭게 루거의 얼굴이 일그러졌다.

"뭐야!? 설마 안 맞았다는—."

"흐으으읍…….."

"루거?"

적중하지 못한 것인가, 하는 의문은 가질 필요도 없었다.

"모든 데미지를 흡수해서 땅으로 뿌린다고— 그렇다면 흡수할 몸 자체를 '먹어 치우면' 된다!"

루거가 얼굴을 일그러뜨린 것은 포효를 하기 위함이었으니까.

"〈블루투스Blue-Tooth〉."

루거의 몸에서 푸른빛이 간헐적으로 점멸하기 시작했다.

"하이하 님……. 이건—."

"나, 나도 모르겠어요. 무슨 스킬이지?"

"공격이, 휴우, 공격이 안 온다는 게 중요하죠. 싸우고 있는 건가?"

블라우그룬과 이하는 무슨 상황이 벌어지고 있는지 알 수 없었다. 바닥에 누워 버린 라파엘라는 될 대로 되라는 식으로 말했다.

이 상황을 어렴풋이나마 이해하고 있는 건 루비니뿐이었다.

"지도에……."

"네?"

"브라운의 점이 줄어들고 있어요."

"어? 뭐야— 이건 뭐예요? 이 푸른 테두리는—⋯⋯. 아?"

루비니의 지도에는 브라운의 붉은 점을 감싼 푸른 테두리가 보였다.

푸른 테두리는 차츰차츰 붉은 점을 줄어들게 만들고 있었다. 일정 시간을 두고 붉은 점이 확 줄어들 때마다 루거의 몸에서 짙은 청색의 빛이 점멸했다.

이하는 루거가 무얼 하고 있는지 마침내 알 수 있었다.

창색蒼色의 비단구렁이는 브라운의 온몸을 조여 묶고Wind-up, 그 이빨Blue-tooth로 먹잇감을 집어삼키는 중이었다.

약 30여 초의 시간이 흘렀을 때, 루비니의 지도에 붉은색은 남아 있지 않았다.

"어떻게 된— 거죠? 퀘스트가⋯⋯ 퀘스트가 클리어되었다고 떴는데!?"

"끝⋯⋯난 것 같습니다."

라파엘라와 루비니는 지도와 루거를 번갈아 보았다.

지도에서 붉은 점이 사라지고, 루거의 몸에서 휘광이 뿜어져 나오고, 그들의 퀘스트 창이 완료로 바뀌었다는 게 이 모든 상황을 말해 주고 있었다.

레벨 업 이펙트로 나오는 그 효과는 결코 짧지 않았다.

적어도 3개 이상의 레벨이 올랐으리라 이하는 추측할 수 있었다.

'경험치도 경험치지만— 도대체 그 공격 방식은 뭐지?'

루거의 스킬 명에서 어림짐작할 수 있었으나 이하로선 도저히 납득하기 어려운 부분이었다.

브라운에게 〈하얀 죽음〉까지 써 봤기 때문에 더욱 잘 알 수 있는 사실이었다.

'블랙조차 그 본질에 대한 타격으로 데미지를 입힐 수 없다고 했다. 말하자면 본질과 허상이 따로 분류되지도 않는— 생명체 아닌 생명체에 가깝다는 뜻이지.'

브라운은 대지와 연결된 죽음의 에너지, 네크로맨서들이 사용하는 바로 그것과 일체되어 있는 무언가일 따름이다.

다만 그 '무언가'가 브라운의 생전 기억을 토대로 움직이며 난리를 쳤을 뿐이지 않은가.

'공격이 통하지 않으니 집어삼킨다……. 젠장, 뭔가 말이 되는 것 같으면서도 이해가 안 돼!'

루비니의 지도에서 어렴풋이 보았던 공격의 형태는 마치 '포장'과도 같은 것이었다.

붉은 점 전체를 감싼 푸른 테두리가 서서히 조여 가던 그 모습은, 실제로 뱀이 먹잇감을 칭칭 묶는 모습과도 유사했다.

'실제로 그런 공격은 아니겠지. 막 뱀이 생성되어서 브라운의 그 검은 덩어리를 감싸거나 하진 않았을 거야. 하지만……'

루비니의 지도에 표현되는 것은 힘의 세기다.

실제로 그 모습을 나타내는 게 아니므로, 지도상 보이는 것과 현실의 모습은 그 크기와 외형에서 당연히 다르다.

'적어도 〈코발트블루 파이톤〉의 어떤 특성이 지도상으로 표현된 거라고 볼 수 있으려나.'

이하는 루거에게 묻고 싶은 게 한두 가지가 아니었다.

이런 스킬로 적을 상대해 본 적이 있느냐, 네 녀석의 〈파이톤〉은 브라운을 상대하며 어떤 말을 했느냐.

이 스킬로 어떤 적까지 상대가 가능한가?

브라운을 이렇게 상대할 수 있는 스킬이라면? 그 이상의 적에게는 과연 통할까.

"음? 루거?"

그러나 루거는 오래도록 정신을 차리지 못했다.

레벨 업 이펙트는 이미 끝난 지 한참 되었고, 라파엘라와 블라우그룬조차 배리어를 소멸시키고 그의 근처로 모여 있었건만, 그의 눈은 멍한 상태였다.

허공을 향하고 있는 그 눈이 읽고 있는 것은 오직 그에게만 보이는 시스템 창, 아마도 업적과 관련된 것이리라.

그리고 그 시간이 이토록 길다는 점은?

"크크크……. 크하하하핫!"

적어도 3개 이상의 업적을 획득했다는 의미이기도 했다.

루거는 자신의 머리를 쓸어 넘기며 호탕하게 웃었다. 덩달아 기분이 좋아진 이하는 루거에게 재빨리 물었다.

"뭔데? 뭔데? 업적 뭐 떴어? 레벨은?"

그 물음이 끝나기 무섭게 루거의 눈빛이 바뀌었다.

"후하핫! 뭘 궁금해하는 거지? 내가 가장 앞서게 되었다는 것만— 아니, 아니. 키드 놈도 '이게' 있겠군."

"응? 뭐가?"

"크크, 이제 너만 없는 거다. 네가 제일 뒤처진 거야, 하이하."

루거는 몸까지 흔들어 가며 이하를 놀렸다.

평소와 달리 다소 경박할 정도로 까불거리는 그를 보며 이하는 헛웃음이 나올 지경이었다.

"내가 '눈'을 해 주지 않았으면 맞추지도 못했을 인간이 잘난 척은!"

"으히히, 그게 무슨 소용이지? 중요한 건 결과다, 결과! 으하하핫! 좋았어, 좋았어!"

명백한 약점이 있음에도 루거는 아랑곳 않고 이하를 놀리며 기뻐했다.

놀림의 당사자가 된 이하였으나 기분이 나쁘다는 생각은 들지 않았다. 어쨌든 그 와중에도 루거는 몇 가지의 힌트를 준 셈이었기 때문이다.

'키드도 갖고 있는 무언가는 역시 삼총사와 관련된 업적이

겠군. 하긴, 우리도 삼총사이긴 하지만……. 그들을 뛰어넘었다는 어떤 그런 업적이겠지.'

청출어람의 업적은 반드시 나올 거라 생각했던 것이다.

다만 이렇게 완벽한 '적'으로 그들을 상대하게 될 줄은 이하도 몰랐으나, 대강 그런 류의 업적이라는 건 굳이 물어보지 않아도 알 수 있는 사실이었다.

"……평소에도 루거 님이 유치하다곤 생각했지만 이럴 때도 저런 말을 할 줄은 몰랐네요."

"뭐라고 했지, 안대녀?"

"못 들은 척하세요, 좋은 게 좋은 거죠!"

속닥거리는 루비니에게 루거가 으르렁거렸으나, 라파엘라는 쾌활한 웃음으로 긴장을 무마시켰다.

"아으으으, 어쨌든 퀘스트 클리어했으니 이제 저는 진정한 싸움을 해야겠네요."

"싸움요? 뭐가 더 남았나요?"

"아뇨. 퓌비엘 여러분들은 상관없겠지만 미니스 쪽 귀족들의 세력 구도가 엄청나게 바뀔 예정이거든요. 이번에 죽어 버린 NPC들의 그 관직들에 누가 또 앉을 것이며부터 시작해서!"

잠시 호흡을 가다듬은 라파엘라의 눈이 번쩍거리고 있었다.

"슬슬 저도 '진출'할 가능성이 보인다는 뜻이죠. 대수도원장 자리도 좋지만 그보다 더…… 이히히힛!"

그 누구보다 세속적인 성녀의 말을 들으며 이하는 물론 루거조차도 잠시 할 말을 잃었다.

블라우그룬이 루거에게 몇 가지 물었으나 루거는 답하지 않았고, 루거가 건방지다며 한바탕 싸우려는 걸 겨우 말리고 있을 때쯤, 이하에게 라르크의 귓속말이 도착했다.

—휘유, 예상보다는 빨리 끝낸 걸 기뻐해야 할지, 슬퍼해야 할지 모르겠네요.

—이번엔 기뻐해도 좋을 겁니다. 저는 얻은 거 하나도 없어요. 루거만 대박 터졌지.

—음? 아아! 낄낄, 하이하 씨는 퀘스트 형식이 아니지? 히야~ 이럴 줄 알았으면 그냥 퀘스트 형태로 얻어다 드리는 건데. 이거, 괜히 부담될까 싶어 신경 써 준다고 써 준 게 꼬여 버렸네요?

—라르크 씨가 그렇게 말하는 게 더 열 받으니까, 아무 말도 마세요.

루거는 브라운을 직접적으로 상대하며 무언가를 얻었다.

루비니나 라파엘라 등은 미니스 왕국 소속의 유저이므로, 브라운을 처리하는 종류의 퀘스트 클리어 보상이 있을 것이다.

이 일을 앞장서서 기획했던 라르크는 말할 것도 없다.

그러나 이하는?

퓌비엘 소속이면서도 아무런 퀘스트도 없는 데다, 심지어 브라운에게는 실질적인 피해를 입히지 못한 이하에게 떨어지는 보상은 아무것도 없었던 것이다.

─뭐, 나라고 그렇게 의리 없는 놈은 아니니까. 국왕 쪽도 한번 잘 구슬려 보겠습니다. 아, 그리고 이미 말은 해 놨어요.

─말이요?

─키드가 브로우리스, 루거가 브라운, 그럼 뭐, 하이하 씨도 하나 해야 하는 거 아닙니까? 안 그래도 요즘 그쪽 사정이 안 좋아서 도움의 손길이 필요한 것 같던데.

─엘리자베스.

─카렐린 씨한테는 얘기해 놨습니다.

삼총사와 삼총사의 구도가 나왔을 때, 키드가 브로우리스를 처치했을 때 라르크는 이미 카렐린과 연계하고 있었다.

미니스와 샤즈라시안의 골칫거리를 한 번에 해결할 방법을 찾기 위함이었으나 그것은 불가능했다.

가장 확실한 것은 해당 NPC와 연관 있는 유저들의 활약.

미들 어스가 꾀하는 게 그것임을 라르크가 모를 리 없었고 결국 그는 '엘리자베스와 관련된 일은 하이하와 함께 풀어 가라', 는 뉘앙스의 언질을 카렐린에게 전달했던 것이다.

이하는 라르크의 거시적인 시야에 잠시 놀랐으나 역시 허

탈한 웃음을 지어야 했다.

—잠깐만, 근데 결국 나만 고생하는 거잖아요?

—그걸 뭘 또 고생이라 생각하실까. 하이하 씨도 얻는 게 뭐가 있을지 대충 알고 있으면서. 마음 같아선 엘리자베스 고거, 나라 씨랑 나랑 콱 처리해 버리고 싶지만 양보하는 겁니다?

능글거리는 태도로 말하는 라르크의 목소리가 들려올 땐 이하의 웃음이 더욱 커질 수밖에 없었다.

그러나 이하도 바라는 바였다.

미니스는 도시가 파괴되고 있었지만 샤즈라시안은 연방이 해체될 위기에 처하지 않았던가.

'샤즈라시안의 그 자이언트 유저들이 〈백룡 전투〉에 참가도 못 할 정도였지.'

도대체 그곳에선 무슨 일이 벌어지고 있을까.

"부히히힛, 그야말로 서프라————이즈!"

"우왁!"

이하가 카렐린에게 귓속말을 넣으려던 찰나, 삐뜨르가 그림자 속에서 튀어나왔다.

조금만 방심하면 〈꿰뚫어 보는 눈〉에 걸리지 않을 정도의 은신과 잠행을 하는 암살자를 보며 이하는 잠시 조마조마한 기분을 느꼈다.

"길고양이 새끼, 시티 페클로의 위치를 불어라. 브라운은 내가 먹어 치웠으니까."

루거는 자신만만한 태도로 삐뜨르에게 약속의 이행을 요구했다. 삐뜨르는 고개를 크게 끄덕거렸다.

애당초 연락을 하지 않았음에도 나왔다는 것은, 그가 약속을 지키려는 마음이 있다는 의미였다.

"좌표를 알려 주는 건 어렵지 않지. 파우스트가 없는 지금, 그들을 이끌고 있는 게 길드 시날로아와 로스 세타스라는 걸 말해 주는 것도 어려운 건 아니야."

"길드 시날로아……. 역시 그들이었나요."

안대로 안면의 대부분이 가려져 있었음에도 루비니의 인상이 일그러졌다는 걸 이하는 볼 수 있었다.

그러나 악명 높은 길드가 마왕군 소속이라는 점에 놀란 건 아니었다.

'이런 정보를 이토록 쉽게?'

평소의 삐뜨르가 아니다. 정보를 가지고 저울질하며 기행을 일삼는 암살자가 아니다.

그것은 그의 말에서도 알 수 있는 사실이었다.

"그럼…… 어려운 게 뭐지?"

이러한 정보를 말해 주는 것보다 더 어려운 말?

하물며 시티 페클로보다 더 중요한 정보가 있단 말인가?

삐뜨르는 성큼성큼 걸었다. 유저들이 잠시 움찔거리는 것에도 상관 않고 그는 자신의 발로 바닥에 숫자를 썼다.

"1, 0, 0……. 100? 숫자 백? 이게 뭐 어쨌다고?"

100을 쓰고 난 후 그는 앞에 D- 라는 것을 붙였다.

"D-100."

"100일 남았다? 뭐가—."

그러곤 이하와 유저들을 바라보았다. 삐뜨르를 향해 말하던 유저들은 잠시 입을 다물어야 했다.

평소 같지 않은 그의 분위기. 평소 같지 않은 그의 행동.

굳이 누군가 말하지 않아도 이곳에 있는 유저들은 그가 적은 숫자의 의미를 파악할 수 있었다.

"부흐흐흐……. 놈들은 222일 동안 마왕의 조각들을 지키라는 명을 받았고, 이제 100일 남았다. 그것도 미들 어스 시간을 기준으로 말이야. 무슨 얘기인지는 다 알겠지?"

마왕의 조각들은 '마의 파편=마왕'이 부활하기까지 필요한 시간을 벌어 달라고 한 것이다.

그리고 현재, 남은 디데이까지 남은 시간은 미들 어스 기준으로 100일, 현실 기준으로 20일 남짓이었다.

해당 소식은 즉시 전파되었다.

이런 것은 숨겨서 사용할 만한 정보가 아니다. 최대한 널리 알려 모두의 행동을 촉구해야 하는 종류의 정보다.

따라서 이하는 물론이고, 해당 소식을 들은 모든 유저들은 자신이 알고 있는 인맥을 총동원하여 정보를 전달하고 있었다.

불행 중 다행이라면 대다수의 국가에서 이번 일의 중요성을 파악했다는 점이었다.

에즈웬의 교황은 삐뜨르에게서 얻은 정보를 기준으로 즉시 〈시티 페클로 정벌〉에 나설 군세의 모집을 명했고, 〈신성 연합〉은 다시금 각국으로 병력의 증원을 요청하기 시작했다.

대형 참사가 있었다고 하지만 그 일이 해결된 퓌비엘과 미니스는 다행히 여력이 있었다.

크라벤 또한 남방 항행의 도중이었으나, 에즈웬의 명령을 무시할 수는 없었기에 그들 또한 〈신성 연합〉에 병력을 차출하여 보낼 수 있을 것이다.

문제는 샤즈라시안이었다.

"병력을…… 보내고 싶습니다. 아니, 저 혼자라도 가고 싶군요."

부쩍 초췌해진 카렐린은 이하를 보며 한숨을 내쉬었다.

"어떻게 안 됩니까? 대통령은 사망했다지만 다른 관직에 있는 NPC들이 많잖아요."

"그런 면에서 오히려 샤즈라시안만큼 수직적인 곳이 없을 겁니다. 하이하 씨도 아시다시피…… 이곳은 모든 종류의 힘이 지배하는 국가, 1인자를 대신할 2인자는 애초에 두지도 않았죠."

카렐린은 쓸쓸한 미소를 지었다.

"이럴 수가. 아무리 그래도 군사와 관련된 것은 긴급 시 처리를 할 수 있어야 하는 것 아닌가요?"

"모든 권한은 2인 이상에게 분배되어 반드시 합의가 필요합니다. 본국의 권력 구조는 이런 일이 생길 거라 생각도 안 하고 설계됐으니까요."

부통령이 있지만 한 명이 아니다.

연방이라는 이름하에 애당초 소속이 다른 민족 출신 NPC 들은 기회를 놓치지 않고 다툼을 시작한 상태다.

말하자면 샤즈라시안은 겉으로 드러나지 않아도 이미 몇 개로 쪼개진 상태나 다름없었다.

에즈웬 교국의 지시조차 듣지 못할 권력 공백이 생긴 샤즈라시안을 탓하기도 어려운 상태다.

"알겠습니다. 저도 엘리자베스 건을 우선적으로 처리하고 싶지만……."

"후우—! 압니다. 〈시티 페클로 정벌〉과 마왕의 조각 소재를 알아내는 게 우선이죠. 하지만 아쉽군요."

일 처리의 우선순위가 있다.

좌표까지 알아낸 시티 페클로를 최단 시간 안에 정복하고 그곳에서 마왕의 조각이 어디로 향했는지 단서를 찾아내야 한다.

에즈웬 교국에 의한 명령으로 〈신성 연합〉에 병력이 집결하기까지는 그리 오랜 시간이 걸리지 않을 것이다.

'무엇보다 칼라미티 레기온이 내 손에 있고, 마왕군 소속 몬스터와 유저들이 대거 사망한 지금.'

불참이 아쉽긴 하지만 샤즈라시안이 꼭 필요하지도 않다.

현재 람화연을 비롯하여 마왕군과 싸웠던 유저들의 정보를 합산한 마왕군 몬스터들은 추정치 기준으로 약 30만 이상.

최대 50만에 달할 것이라는 말도 있었으나, 그것을 통제할 유저들이 대부분 사망하였으므로 실질적인 운용은 30만 전후가 될 거라는 게 〈신성 연합〉의 판단이었다.

'쩝, 차라리 그때 전부 몰아서 죽였어야 했는데…….'

마왕군은 〈백룡 전투〉 당시 다급한 진격을 선택했다. 당시 이미 100만에 육박했던 군세 중 그들이 유용할 수 있었던 것은 50만 남짓.

병력을 전부 끌고 오지 못했던 게 오히려 그들에게는 남겨 놓은 희망이 되어 버린 셈이라니.

'물론 끌고 왔으면 그때 전부 사라졌겠지만.'

아이러니한 상황에 피식 웃으며 이하는 카렐린과 악수를

나눴다.

"처리하는 즉시 오겠습니다. 엘리자베스를 잡고 싶은 건 저도 마찬가지니까요."

"하이하 씨가 돌아오기 전까지 그 소재 파악이라도 힘 써 보겠습니다."

"부탁드립니다."

마왕군에 비해 〈신성 연합〉의 군세는 지난번과 크게 다르지 않았다.

교황의 부탁 아래 각국이 얼마만큼의 병력을 보내올지는 아직 미지수였으나, 현 상황으로만 비교해도 마왕군에 크게 뒤쳐지지는 않을 것이다.

칼라미티 레기온을 운용할 수 있고, 바하무트를 포함한 메탈 드래곤과 함께 진격할 수 있다.

적의 병력은 〈백룡 전투〉 당시 싸웠던 50만보다 적은 30만 전후가 될 확률이 높고, 우리의 전력은 그때보다 강해졌다.

더욱이 앞으로 조금 더 강해질 가능성이 있다.

'하지만 확실히 해야겠지.'

바로 그 점에서 이하는 조금 더 힘을 싣고 싶었다. 때마침 이하가 할 수 있는 일이 있었다.

이하가 카렐린과 헤어지고 로그아웃한 게 벌써 4시간 전이었고, 앞으로 미들 어스의 시간으로 이틀, 현실의 시간으로 10시간이 지날 쯤이면 〈신성 연합〉은 진격을 개시한다.

그때까지 이하는 할 일이 있었다.

"후우우우……."

한숨을 쉬는 이하의 앞에서 그의 모친이 넥타이를 고쳐 매어 주는 중이었다.

"너무 긴장하지 말고. 방송 나간다고 또 당황해서 있는 말, 없는 말 다 꺼내는 거 아니다, 너? 방송국 사람들이 자꾸 부추겨도 차분하게 행동해. 알았지?"

여전히 자신을 아이처럼 생각하는 모친의 말에 이하는 웃음이 나왔다.

"걱정 마세요. 지금 긴장하는 건 그것 때문도 아니고……."

"그러니? 아휴, 사실 내가 걱정된다, 얘. 생방송 인터뷰라면서? 가서 실수하지 말고. 근데 어디 채널이라니?"

보통 생방송도 아니다.

지난번 알렉산더가 인터뷰했던 바로 그 프로그램.

세계에서 가장 유명한 게임 채널의 한국 방송에서 전 세계 동시 송출까지 되는 생방송이다.

"그냥 뭐, 작은 게임 채널이에요."

이하는 대강 얼버무렸다.

생방송이라는 단어만으로도 온갖 '꽃단장'을 권유하는 모친에게 전 세계 동시 생방송이라는 말을 했다간 아마 출발도 못 했을 것이다.

부우우우웅—!

때마침 울리는 휴대전화의 진동이 기정의 도착을 알렸다.

"그럼 다녀올게요."

"응, 잘 하고 와!"

"네, 잘 해야죠."

불과 얼마 전까지 별로 관심도 없었던 인터뷰에 응한 이유는 사실 하나뿐이었다.

'최대한 많은 유저들을 끌어내려면…….'

마왕의 부활은 이제 미들 어스를 플레이하는 거의 모든 유저가 알게 될 것이다.

"이열, 엉아! 오늘 기깔나게 입었네?"

"지는? 아예 옷을 새로 산 거 아냐?"

"으히히. 당연하지! 우리 길드도 이제 초대형으로 커질 텐데, 길마가 멋지게 보여야 하지 않겠어?"

"너는 어차피 들러리야, 인마. 가서 괜히 이상한 말 하지 말고. 보배 씨도 볼 텐데."

"그거야— 으음…… 안 그래도 보배 씨한테 많이 들었어. 조용히 있어야지."

방금까지 까불거리던 태도는 금세 사라지고, 기정은 풀 죽은 척 어깨를 늘어뜨렸다.

그런 행동 하나하나가 전부 기정과 보배의 사이가 여전히 탄탄함을 보여 주는 것이었기에, 이하는 만족스런 기분을 느낄 수 있었다.

"그나저나 형은 어때?"

"뭐가?"

"뭘 뭐야? 뭐겠어? 우리 쪽이랑 다르게 형은 이제 나이도 좀 있고 슬슬 뭔가 다른 소식이 있어야 하는 거 아냐?"

기정—보배 주제가 나왔다면 당연히 연관된 주제는 하나밖에 없지 않은가.

"야! 내가 무슨 나이가 있냐? 그리고 요즘은 결혼 적령기도 늦춰졌고 하물며 화연이는 너보다도 어린……."

"음? 왜 그래?"

자신을 향해 음흉한 웃음소리를 내는 기정에게 변명 아닌 변명(?)을 하던 이하의 입이 다물어졌다.

기정은 이하를 바라보다 이하의 시선이 머무는 장소로 고개를 돌렸다.

이하의 집에서 그리 멀리 떨어지지 않은 편의점 앞에 있는 간이 테이블에 중년의 남성이 앉아 있었다.

테이블에 올려진 막걸리 병과 새우 과자를 보고 나면 더 이상 눈이 가지 않을 것 같은 사람.

"형? 왜?"

"……아냐. 가자."

기정은 이하가 어째서 그 인물을 계속 바라보고 있는지 묻고 싶었으나 이하는 더 이상 아무런 말도 하지 않았다.

'뭔가…… 눈이 마주치니까 그대로 고개를 숙이는 것 같았

는데. 그냥 노숙자라서 그런 거였나.'

기분 탓일까.

슬쩍 돌아보아도 그는 움직이지 않고 그대로 막걸리를 종이컵에 따라 마시고 있었다.

이하는 발걸음을 재촉했다.

편의점에 있던 남성이 사라진 것은 20여 분이 확실히 지난 후였다.

"마스터케이와 함께 집을 나섰다?"

"핫. 오카상께서도 아시다시피 하이하의 외출 빈도는 그리 많지 않습니다. 하물며 마스터케이까지 함께 움직였다는 것은……."

"람롱 그룹의 누군가가 한국으로 들어갔나요?"

치요는 인상을 찌푸렸다.

그들은 대화를 나누면서도 이동을 멈추지 않았다.

현재 치요의 곁에서 주변을 수색 중인 인원은 고작 네 명이 전부였다. 그중 한 명인 사스케가 치요의 물음에 답했다.

"저희가 파악하기론 아직도 홍콩 주재로 알고 있습니다. 람 자매의 전용기가 움직이지 않은 것이긴 하지만—."

"그렇겠지. 일반 직원 정도를 보내는 일이라면 메일로도 얼마든 전달이 가능할 것이고— 람화연이 직접 움직이지 않았다면 람롱 그룹에서 하이하를 만나러 간 건 아닐 거야. 그럼 생각할 수 있는 가능성은, 마스터케이와 함께 옷까지 차려입었다면 역시…….”

“인터뷰에 응할 예정인 것 같습니다.”

사스케의 말을 들으며 치요는 고개를 끄덕였다. 그녀가 입을 다물자 사스케가 조금 불안한 얼굴로 그녀에게 물었다.

“마스터케이가 함께 있다지만 별로 문제 되지 않을 겁니다.”

한국으로 보낸 '시노비구미'의 일원을 통해 이하에 관한 상당히 많은 정보를 수집해 두었다.

“두 사람 외에는 그 누구도 따라붙지 않았다고 했습니다. 그들에게 의뢰된 건 집과 매장의 보호뿐이라고 판단됩니다.”

그들은 람화연이 이하에게 사설 경호 업체를 붙였다는 것도 파악하고 있었다. 그러나 그 내용의 파악에 있어서는 지금까지 애를 먹고 있었다.

어느 선에서, 어디까지, 어떻게 보호하는가. 제법 긴 잠복으로 마침내 그 답을 알아냈다.

외출한 이하를 보호하는 인물은 없다.

즉, 사스케는 지금이 기회라고 생각했다.

“오카상께서는 지금처럼 수색을 계속하시면…… 됩니다. 뒤는 제게…….”

적어도 사스케는 미들 어스 내에서 이하를 막는 건 불가능하다고 판단했다.

그러나 이하가 존재하는 이상, 자신들의 일은 계속해서 달성될 수 없다.

'그건 막아야 한다……. 다소 문제를 일으키더라도, 처리해야 해. 이미 이번 일에 동의하고 간 놈들이 있다. '적절하게' 끝내고 필리핀에 잠시 가 있으면 되는 거지.'

미들 어스 유저들 사이에서는 제법 유명인이 되었다지만 그래 봐야 일반인이다.

매스컴이 사건 집중하기 전에, 모든 것을 끝내고 사라질 수 있다.

현실에서 이하에게 제재를 가함으로써 그가 더 이상 미들 어스에 접속하지 못하도록 만드는 것.

사스케와 그를 쫓는 '형제'들이 자국 내에서도 숱하게 했던 일이다.

치요는 사스케의 말을 들으면서도 아무런 반응을 보이지 않았다.

그것은 어떤 면에서 당연한 일이었다.

혹여나 경찰의 국제 수사 공조 등으로 인해 미들 어스의 대화 로그가 증거물이 될 수도 있다.

만약 치요가 '처리하라'고 한다면 그것은 살인 교사가 된다.

언제나처럼 그녀는 말을 이해하지 못한 입장으로, 일을 진행시키라는 은근한 암시만 주면 되는 것이다.

치요의 작은 행동 하나에서 그러한 암시를 찾으려던 사스케였으나, 정작 치요는 돌연 이동을 멈추는 것으로 반응했다.

"모두…… 멈춰요."

주변을 수색하던 시노비구미의 유저들이 모두 제자리에 굳었다. 사스케는 물론이고 주변의 유저들도 아직 알 수 없었다.

그러나 치요의 표정은 굳어 가고 있었다.

그 굳은 표정 가운데 희미하게 새어 나오는 것은 미소였다.

"누구라도 흔적을 발견한 사람 있나요."

치요의 물음에 답한 유저는 없었다.

그들이 길도 없는 산속을 헤매고 다닌 이유가 무엇인가.

목표물을 찾아내려 수색에 뛰어난 직업군 최소한의 인원만 남긴 후 돌아다니고 있건만, 그 누구도 목표물을 발견하지 못한 상태였다.

그러나 지금, 치요는 알 수 있었다.

몬스터들의 활동이 왕성한 신대륙 동부에서는 언제든 기습 공격을 당할 수 있고, 따라서 그녀는 〈사교의 춤〉을 가능한 오래 유지해야 했기 때문이다.

"어떤 곳으로도 피할 수 없어. 큭큭……. 우리가 괜히 무리할 필요도 없어졌어요, 사스케."

"오카상? 무슨 말씀이십니까."

"말 그대로예요."

치요는 자신의 몸을 가로지르는 노란 선을 보았다.

반투명의 선은 정확히 자신의 심장을 지나고 있었다. 그 선에서 피하려 움직인다면?

　치요는 오른쪽으로 한 걸음 발을 디뎠다.

　전혀 다른 방향에서 날아오는 노란선이 자신의 이마에서부터 뻗어지고 있었다.

　치요가 사스케의 말에 대답을 줄곧 하지 못했던 이유가 바로 이것이었다.

　그녀의 걸음 하나하나마다 반응하는 '적'의 공격이 보이고 있었으니까.

　그리고 신대륙 동부에서 이런 공격이 가능한 자는 한 사람뿐이다.

　그것은 자신의 이마를 뚫고 나간 노란선, 그 안에 있는 작은 물체의 '형태'만 봐도 알 수 있는 사실이었다.

　"지금도 저를 보고 있는 거겠죠? 당신과 하고 싶은 얘기가 있어 왔습니다."

　작은 탄두는 이하에게 당하면서도 이미 수차례 보았던 것.

　치요가 굳은 표정으로 희미하게 웃는 이유였다.

　"마탄의 사수!"

　그녀는 목청을 높여 카일을 불렀다.

Geschoss 3.

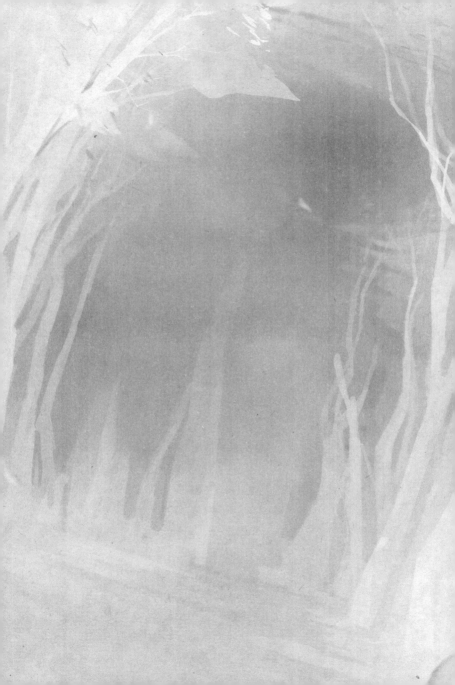

　—오카상, 어떻게 할까요. 지금 이 포지션대로라면 전원 즉살 당할 가능성이 있습니다.

　—우리가 움직인다고 피할 수나 있을 것 같아요? 나조차도 피할 수 없어. 차라리 가만히 있어요. 지금은 그가 경계하지 않도록 만드는 게 최선이니까.

　치요는 사스케의 귓속말을 일축했다.

　지금 이 상황에서 누구보다 머리를 많이 굴리고 있는 게 치요라는 것을 알았기에, 사스케도 더 이상 말하지 않았다.

　카일을 설득하는 데에 성공한다면, 카일을 자신의 편으로 만들 수 있다면…….

　'무리하지 않아도 돼.'

계획은 있지만 현실에서 이하에게 제재를 가하는 건 분명히 리스크가 있는 일이다. 당연히 리스크가 높은 쪽보다는 낮은 쪽을 우선적으로 취해야 하는 게 옳다.

치요를 포함한 다섯 명 전원은 움직이지 않았다.

"치, 치요 님— 앞에!"

"옵니다."

눈이 좋은 시노비구미의 유저들이 가장 먼저 그를 발견했다.

발걸음은 결코 빠르지 않았고 보폭조차 크지 않았으나, 성큼성큼 거리를 줄이며 다가오는 남성.

그가 누구인지는 굳이 말할 필요도 없었다.

"마탄의…… 사수?"

치요는 숲의 그림자에서 벗어나 다가온 카일을 보며 고개를 갸웃거렸다.

'하이하가 쓰는 총과 비슷하지만 훨씬 길고 고전적인 형태…….'

다가오는 인물을 바라보며 치요는 흠칫했다.

'아니, 내가 총기를 보며 구분을 해야 할 정도로—.'

분위기가 변했다?

얼굴을 기억하는 일은 그녀의 특기 중 하나다.

미들 어스는 물론이고 현실에서도 '물장사'를 했던 그녀에게, 사람과 NPC의 얼굴을 머릿속에 입력시키는 것은 일도 아니다.

분명 카일에 대한 기억이 있고, 지금 걸어오는 얼굴도 당시의 카일과 크게 변하지 않았다.

그러므로 근본적인 의문이 들 수밖에 없었다.

'저건 누구지?'

앞에서 다가오는 자는 카일인가, 카일이 아닌가. 카일과 같은 모습을 하고 있는 다른 무언가인가.

구대륙의 인스턴스 던전 보스 중 도펠갱어가 나오는 곳도 있다는 걸 알고 있다. 신대륙 동부에서는 그런 몬스터가 필드의 일반 몬스터로 나와도 이상한 것은 아니다.

하지만 도펠갱어라 인정할 수 없었다.

만약 '이 정도 수준'이 일반 몬스터라면, 유저들은 영원히 신대륙 동부를 공략할 수 없을 거라는 생각이 들었으니까.

"마탄의 사수라……."

갑자기 머릿속이 복잡해진 치요의 앞에서 마침내 그가 모든 모습을 드러냈다.

"하긴 나는 마탄의 사수지."

단순하게 툭, 뱉은 한마디로 치요는 상황을 파악할 수 있었다.

그리고 어째서 자신이 카일을 카일로 알아보지 못했는지도 눈치챘다.

"당신, 한쪽 눈이……."

"내가 누군지 알겠나."

카일의 한쪽 눈동자가 파랗게 변해 있었다.

과거의 카일처럼 풋풋한 젊은이의 목소리로, 세월을 짐작할 수조차 없는 말을 하는 자.

치요는 언데드 카즈토르에게서 거의 모든 사실을 들었다.

엘리자베스를 뱀파이어로 만들어 데리고 다닐 때, 그들에게서도 많은 정보를 획득했다.

따라서 알 수 있었다.

"자미엘 님이시군요."

지금의 카일은 카일이 아니다.

"카일이기도 하지."

그러나 완전한 자미엘도 아니었다.

상당한 수준의 침식이 진행되었으나, 여전히 카일과 공존하고 있는 자미엘이 미소 지었다.

올라가는 입술은 오직 파란 눈동자의 얼굴 반면半面뿐이었다.

"지난번에는 인사를 미처 못 드렸습니다."

"아니, 다 듣고 있었다. 내가 지금껏 봐 온 인간 중에서도 독특한 계책으로는 손에 꼽을 만한 수준이었으니까."

"칭찬 감사……드립니다."

치요는 살폿 고개를 숙이다 잠시 움찔했다.

자미엘의 얼굴은 분명 칭찬의 뜻으로 그 말을 한 것이다.

그러나 검은 눈동자의 얼굴 반면은 울상인지, 분노인지 알수 없게 얼굴을 찌그러트리고 있다니…….

'육체를 완전히 반으로 분할시킨 건가? 잠식을 미처 못 끝내서?'

아주 짧은 대화와 그의 얼굴만 관찰해도 치요는 알 수 있었다. 다만 그녀의 의문은 거기서 끝나는 게 아니었다.

얼굴은 반쪽일 수 있다.

그럼 실질적인 육체의 지배권은 누구에게 있는가.

또한 마탄의 사용 여부는?

현재 몇 발이나 썼고, 몇 발이 남아 있는가?

자신과 헤어지기 전의 상태 그대로일지, 아니면 자미엘이 새롭게 힘을 발휘하며 혹시 몇 발 더 늘어나진 않았는가?

일어날 수 있는 모든 가능성에 대해 그녀는 계산하기 시작했다. 당연히 계산을 위해 필요한 것은 그 근거가 되는 정보였다.

"저는—."

"그대로다."

"—네, 네?"

그러나 그 질문을 미처 내뱉기도 전, 카일이 먼저 말했다.

"네가 뭘 궁금해할지 내가 모를 거라 생각하나. 그대로야. 그걸 기준으로 생각해."

치요는 잠시 멍한 표정밖에 지을 수 없었다.

치요 정도의 계략가조차 자미엘의 말을 완전히 이해하고 소름이 돋기까지 몇 초간의 시간이 걸릴 정도였다.

'설마 이건—.'

수 싸움이라면 미들 어스 전체 유저를 통틀어도 손에 꼽을 정도다.

계책에 계책을 더해 함정을 파는 용의주도함은 미들 어스에 맞수가 없을 정도다.

그것은 치요 스스로도 알고 있는 사실이었다. 그러나 눈앞에 있는 NPC는 그 범주를 넘어섰다.

그럴 가능성은 오직 하나뿐이다.

'내가 무슨 생각을 하는지…… 읽고 있다?'

미들 어스 접속기와 연결된 자신의 뇌파와 관련된 무언가가 있다는 의미이지 않을까.

치요는 마치 이 생각도 읽어 보라는 식으로 마탄의 사수를 쳐다보았다. 마탄의 사수는 치요를 보며 코웃음만 한 번 칠 뿐, 아무런 대꾸도 하지 않았다.

오히려 그것이 치요에겐 '답변'이나 마찬가지였다.

치요는 곧장 표정을 가다듬었다.

어차피 이쪽에서 모든 생각을 읽고 있다면, 에둘러 말하는 것은 아무런 의미가 없다.

"저희는 ㅋ…… 마탄의 사수님을 모셔 가기 위해 이곳에 왔습니다."

그 와중에도 그녀는 그를 부르는 호칭에 신경을 썼다.

일그러진 얼굴은 분명 카일의 것. 웃고 있는 얼굴은 분명 자미엘의 것이다.

그 어느 하나의 이름으로 부른다면, 다른 하나에게 '예쁨'을 받지 못할 수 있다.

"큭큭, 재미있군. 너는 카즈토르나 다른 녀석들과는 또 달라."

"무슨, 말씀이신지······."

"너만큼 철저하게 나를 도구로 취급한 녀석은 없었지."

"그, 그런— 아닙니다. 저는······."

카즈토르가 언급된 데다 심지어 그보다 더하다는 뉘앙스.

결코 좋은 말이 아닐 거라 생각한 치요가 황급히 고개를 저었으나 그는 걱정 말라는 듯 어깨를 으쓱였다.

"놈들은 나를 도구로 생각하면서도 언제나 모순적인 면을 지니고 있었다. 카즈토르는 나를 자신의 분신으로 여겼고, 다른 녀석들은 마탄의 사수를 보며 카일을 신경 썼지. 바로 그 점이······. 큭큭, 아니, 이런 이야기까진 필요 없겠군. 어쨌든 너는······ 아주 철저해."

치요는 조용하게 말하는 그의 안색을 살폈다.

그의 눈은 분명 자신을 향해 있었으나 적어도 보고 있는 것은 자신이 아니리라 생각했다.

그는 과거를 보고 있었다. 지난날 자신이 당해 오고 겪었던 일들을 떠올리고 있을 것이다.

'그것도······ 자미엘의 입장이 아니야.'

카일의 입장에서.

이미 별초의 유저들에게 카일은 언질을 준 적이 있다. 모두가 자신을 도구로 본다면, 가장 도구답게 살아가리라는 언질을······.

카일=자미엘이 치요 앞에 모습을 드러내고, 이토록 호의적으로 대하는 이유가 무엇인가.

"너는 나를 도구, 그 이상의 것으로 결코 생각하지 않는다. 내가 카일이든, 자미엘이든. 너에게 있어 난 오직《마탄의 사수》, 도구 그 자체야. 안 그런가."

결국 그들의 뜻에 가장 부합하는 자가 치요라는 의미이기도 했다.

그리고 그런 생각의 흐름을 읽어 내지 못할 치요가 아니었다.

자조적이고 심지어 자기 파괴적으로 말하는 '카일=자미엘'의 뜻을 그녀는 십분 이해했다.

다만 그녀는 아무런 대답도 않은 채 조용히 그를 향해 고개를 숙일 뿐이었다.

"앞으로 뭘 할 거지?"

마탄의 사수는 조용히 물었다. 치요는 고개를 들고 그를 마주 보며 말했다.

"저를 믿어 주셨으니, 저도 마탄의 사수님께서 원하는 '자리'를 만들어 드려야겠죠. 아마 그쪽에서도 저흴 원하고 있을 겁니다."

—길드 시날로아와 로스 세타스 쪽 연락은 확실히 끝냈죠?

—물론입니다. 저자……가 처음 등장했을 때 이미 연락을 취해 놓았습니다.

—잘했어요. 각 길드별로 취약점 정리는? 저번에 준 자료가 전부인가요?

—그렇습니다, 오카상. 추가적으로 취합되는 즉시 말씀드리겠습니다.

치요의 말을 들으며 마탄의 사수는 만족스런 미소를 지어 보였다.

"자! 그럼 장안의 화제가 되었던, 바로 그 장면부터 다시 한번 보시죠!"

장내 아나운서의 호들갑스러운 동작과 함께, 백스크린에 〈백룡 전투〉의 동영상이 떴다.

TV로 송출되는 것은 백스크린의 영상 뿐, 스튜디오 내의 모습이 더 이상 송출되지 않고, 출연자들의 마이크가 다 꺼지고 나서야 이하는 겨우 한숨을 돌릴 수 있었다.

"이런 인터뷰는 처음이신가 봐요?"

"아, 네."

"마스터케이 님은……."

아나운서는 싱긋 웃으며 이하에게 물었으나, 기정의 상태가 어떤지는 그가 더 잘 알고 있었다.

"보시다시피, 말할 것도 없죠. 기정아, 정신 좀 차려."

"혀— 형, 내가 지금까지…… 무슨 말을 했는지도 모르겠어."

"왜 네가 더 긴장을 해 가지고는, 하여튼."

아나운서의 묻는 말에 곧잘 대답하던 이하와 달리 기정은 이하의 곁에서 한마디도 못 하고 방송 내내 굳어 있었기 때문이다.

'그래도 뭐, 랭킹 얘기니, 이런저런 얘기는 잘 해 넘긴 것 같고……. 이제 〈하얀 죽음〉 얘기 정도만 하면 끝이려나?'

이하는 슬쩍 고개를 돌려 백스크린을 보았다.

최전선에 있던 누군가의 시선으로 촬영된 〈하얀 죽음〉이 지금 막 빛을 발한 상태였다.

곧이어 PD의 큐 사인이 떠오르고, 7초 후 스튜디오 생방으로 다시 넘어간다는 표시가 같이 보였다.

아나운서는 능숙하게 목청을 가다듬고는 마이크가 켜지는 그 시점에 정확한 멘트를 꺼내어 들었다.

"네! 정말 놀라지 않을 수가 없는데요, 저도 미들 어스 레벨이 160 정도 됩니다만— 놀라지 않을 수가 없군요. 하핫, 탑 랭커가 되면 모두 배운다고 보기엔, 여전히 그 어떤 유저도 비슷한 기술을 사용하지 않은 것으로 알고 있습니다만."

"그렇습니다. 아마도 직업에 따라 다를 테니까요. 저도 운 좋게 배운 스킬입니다."

"스킬의 발동 조건은 눈과 관련된 것이겠지요? 람화정 씨와 그녀의 파트너 드래곤이 함께 포착된 것도 그 때문일 테니까요."

아나운서는 노골적으로 질문했다.

어차피 그가 질문하지 않았어도 이미 인터넷에는 이하의 〈하얀 죽음〉에 관한 정보들이 떠돌고 있었기에 굳이 부정할 필요는 없었다.

"으음, 글쎄요. 과연 어떨까요?"

"크으, 그렇죠, 그렇죠. 미들 어스의 랭커라면 자신의 정보를 노출시키지 않는 것은 기본이겠지요!"

그럼에도 이하는 너스레를 떨었고, 이하의 너스레를 받아 아나운서는 한층 더 소란을 떨었다.

생방송의 방청객으로 온 인원들이 '바람잡이'의 신호를 받아 다 같이 웃는 것으로, 인터뷰는 비교적 화기애애하게 진행되는 중이었다.

이하가 생각했던 것보다 짓궂은 질문도 없었으며, 굳이 난처하게 만들거나 이하를 우스꽝스럽게 만드는 질문도 없었다.

'보통은 인터뷰 나온 사람들이 당황하는 꼴을 보기 위해 그런 걸 준비한다고 들었는데. 하긴, 내가 나오는 거니까 그런

질문이 없어도 시청률이 잘 나올 거라 생각했나?'

미들 어스 유저 중 누적 스탯 1위의 유저이자, 랭킹 급상승과 함께 최근 일어났던 모든 화제의 중심에 있는 유저, 그것이 바로 나다!

이하는 마음속으로 낄낄거리며 웃었다.

자신이 대우받고 있다는 생각이 들 때쯤에서야, 이하는 방송국 사람들을 무시해선 안 된다는 모친의 말이 생각났다.

"자, 그럼 여기서 또 짚고 넘어가지 않을 수 없는 바로 그러한! 점이 있지요! 마음의 준비는 되셨습니까?"

"물론이죠. 대답드릴 수 있는 것이라면 얼마든지요."

"그렇다면 람룽 그룹과의 관계에 대해 언급하지 않을 수 없겠군요!"

이하의 답변과 동시에 아나운서의 눈빛이 번쩍였다.

"네?"

마침내 올 것이 왔다.

"람화연, 람화정 자매와는 어떤 관계인지, 사~실대로 한번 말씀해 주실 수 있으실까요!?"

게임 채널이 존재하는 국가라면, 생방송이든 녹화방송이든 심지어 와이튜브를 통해서라도 송출이 될 게 분명한 인터뷰에서, 그녀들의 이름이 언급되었다.

"그것은, 음, 그러니까 무슨 관계……라기보다는! 어, 그러니까 우연찮게 미들 어스 안에서 알게 되어서, 같은 종류의 퀘스트를 뭐, 클리어하고 하는?"

"그렇습니다! 저희가 자체적으로 조사해 보니, 아마 기억나시는 분들이 계실지 모르겠습니다만! 과거 캔들 캐슬, 그러니까 미들 어스를 갓 시작한 유저들이 시작하는 스타팅 포인트에 람화정 씨가 나타난 적이 있었지요! 당시 아직 저레벨이었던 그녀의 언니, 람화연을 도우러 온 것이라는 추측이 대다수인 상태로 묻힌 사건이었지만— 분명히 '그때' 한 명의 머스킷티어가 함께 있다는 제보도 있었습니다!"

이하는 아나운서의 말을 들으며 마른침을 삼켰다.

저게 도대체 언제 적 이야기인가.

블랙 앵거스를 같이 잡고, 캔들 캐슬로 막 복귀했을 그 시점의 이야기까지 알고 있다고?

"즉, 게임을 함께 시작한 것과 다름없다는 이야기인데…….
람롱 그룹과 어떤 혈연적인 관계가 있으신 것 같지는 않고요."

"무, 물론이죠! 아니, 애초에 저는 한국 사람이니까요. 거기다 직업적으로도—."

"군인이셨죠? 그때의 불행한 사고는 제가 듣기에도 참으로 안타까운 일이었습니다."

"—어, 그것까지—."

"그리고 바로 그 사고의 후유증을…… 역시나 람롱 그룹이 소유한 홍콩의 병원에서 치료하셨다고 들었는데요, 맞습니까?"

이하는 잠시 답을 하지 못했다.

그 어떤 난처한 질문이 나와도 표정을 유지해야 한다는 생각은 일찌감치 날아갔다.

지금까지 부드러운 분위기에서 비교적 상투적인 질문만 했던 것은 바로 이때를 위한 포석이었을까?

"음, 아나운서님, 그건 너무 개인 정보 아닙니까?"

'상태 이상: 기절'이라고 봐도 좋은 이하를 대신해 나선 것은 기정이었다.

조금 전까지 얼어붙어 있던 기정의 입에서 거침없이 말이 튀어 나갔다. 이하는 놀란 눈으로 기정을 보았다.

기정의 표정은 이하가 알고 있는 바로 그 표정이었다.

"아, 하하. 그런가요? 하지만 워낙 하이하 님의 인기가 좋으시고, 또 람롱 그룹에 대한 미들 어스 모든 유저들의 관심이 깊지 않습니까. 그러다 보니 아무래도—."

"그건 그거고요. 람롱 그룹과 이하 형에 대해서 함부로 추측하시는 것은……. 아니, 설령 그것이 사실이라 하더라도 말씀하셔서는 안 되는 것 같습니다만."

자신의 사촌 동생이 아니라, 탱커 마스터케이의 표정.

아나운서의 말을 '공격'이라고 느낀 순간, 본능적인 그의 탱커 본능이 살아난 것이었다.

"일리 있는 말씀! 역시 별초 길드의 마스터케이 님이십니다. 탱킹각에 대한 이야기들이 결코 뜬소문이 아니었군요!?"

"그, 그건—."

"자~! 사실 제가 조금 짓궂게 하이하 님에게 이런 말씀을 드린 것은…… 사실 한 가지 의문이 들었기 때문이지요."

막상 자신에 대한 말이 나오자 기정은 다시금 말문이 막혔고, 아나운서는 그때를 노려 다른 질문을 꺼내어 들었다.

그가 백스크린을 바라보자 방청객과 이하, 기정 모두의 눈이 자연스레 백스크린으로 향하게 되었다.

아나운서의 눈짓과 함께, 이번 프로그램의 이름이 큼지막하게 써 있던 백스크린에 묘한 자료가 하나 비추어졌다.

"람롱 그룹에서 국내에 개발 중인 리조트에 대해서는 익히 알고 계실 겁니다. 그곳에 대규모 호텔은 물론이고, 레지던스 시설까지 들어서고 있죠. 호텔급 룸서비스를 자랑하는 풀 옵션 레지던스에 대한 홍보는 최근 부동산 시장에서 꽤 이슈가 되었던 일인데요. 물론, 아하핫! 아시다시피 금액적인 면에서도 최고 분양가를 갱신할 가능성이 높다고 보고 있거든요?!"

"……그래서요?"

백스크린에 뜬 것은 마치 팸플릿처럼 보이는 홍보 책자였다.

단순 주상복합이나 오피스텔보다 훨씬 고급스러운 레지던스 시설의 완성 모습이 컴퓨터 그래픽으로 멋들어지게 그려져 있는 모습.

기정은 물론이고 이하도 어리둥절할 수밖에 없었다.

이게 어쨌다고?

백스크린은 점점 어느 한 부분을 확대, 확대하고 있었다.

"어……?"

"어? 어어어!?"

최고 분양가를 자랑하는 펜트하우스 부분에는 어떤 남자가 서 있는 모습이 그려져 있었다.

당연히 컴퓨터 그래픽을 통해 만들었을 것이고, 매우 넓은 룸에 비하여 사람의 크기는 꽤 작았지만 가까이서 본다면 충분히 얼굴을 알아볼 수 있을 정도였다.

한 손에 와인글라스를 들고 마치 펜트하우스의 주인처럼, 위풍당당한 태도로 서 있는 남자.

"바로 그 펜트하우스에 하이하 님이 계시니, 람롱 그룹과의 관계를 물을 수밖에 없지요!"

아나운서는 기정과 이하 그리고 백스크린을 번갈아 보며 크게 외쳤다.

방청객들의 오오~ 하는 환호성이 장내를 가득 메우고 있을 때에도 기정과 이하는 서로 어찌된 영문인지 파악하기에 바빴다.

"어— 버? 어떻게? 엥?"

"혀, 형? 뭐야? 샀어?"

"아니, 사긴— 뭘 사! 뭘 알아야 사지. 아니, 그리고 애초에 저런 걸 어떻게 사, 내가—."

당연히 말문이 막힐 뿐, 그들이 알 리는 없었다.

이하를 확대했던 화면은 축소 후 어딘가로 돌아가고 있었다.

유리로 된 통창으로 밖을 바라보고 있는 이하의 뒤, 거실의 아일랜드 식탁에 팔을 괴고 앉아 역시 와인글라스를 들고 있는 여성이 있었다.

이하는 확대되지 않아도, 지금 당장은 그 여성의 얼굴이 보이지 않아도 알 수 있었다.

실루엣만으로 알아볼 수 있는 여성?

이하에게 있어서 모친을 제외하고는 단 한 사람뿐일 것이다.

"서, 서, 설마…….."

백스크린은 여성을 확대하기 시작했다.

방청객들의 환호성 톤은 점점 올라가고, 장내의 분위기는 점차 고조되고 있었다.

"어머나."

"왜 그러세요, 사장님?"

"그러고 보니 이하한테 그 얘기를 안 해 줬네."

"무슨 얘기요?"

"얼마 전에 저 팸플릿이 국제 탁송으로 왔는데……. 이하 닮은 사진이 있었거든요."

같은 시각, 식당에서 직원들과 함께 이하의 인터뷰를 보던 이하의 모친은 멋쩍은 웃음을 짓고 있었다.

그리고 또 같은 시각, 바로 그 팸플릿을 준비한 사람은 새빨개진 얼굴을 주체하지 못하는 중이었다.

"자처어어엉! 어떻게 저게 TV에까지 나오게 된 거예요!?"

"죄, 죄송합니다, 본부장님! 그것이― 홍보용으로 배포된 팸플릿까지는 전부 관리가 안 된 터라―."

"그래도! 그래도― 아니, 어쩌면 알지도 모른다고 생각했지만― 그래도 이건! 이건 아니야! 당장 방송 막을― 아니, 어차피 생방송이잖아! 어떡해!"

질책을 받는 와중에도 자청은 은근한 미소를 짓고 있었다.

단 한 번도 보지 못했던 람롱 그룹 장녀의 당황과 패닉 그리고 부끄러워하는 모습은 쉽게 볼 수 있는 게 아니다.

그리고 사실 팸플릿은 관리가 안 된 게 아니다.

'하이하라면 나 또한 찬성. 문제는 회장님의 생각뿐인데…….'

이하와 람화연의 사이를 호의적으로 여기는 자청이 이하의 인터뷰 응낙을 알아차리곤 재빨리 한국의 매스컴들에 뿌린 것!

'분명 좋게 생각하고 계시겠지만 역시 매스컴에서 먼저 화려한 축포를 쏴 주는 게 좋겠지.'

분명 좋게 생각하고 있을 것이라 여기는 자청이었으나, 람롱 그룹의 총수는 함부로 예측할 수 있는 인물이 아니다.

자청은 여전히 당황해서 손부채만 파닥거리고 있는 람화연을 보았다.

자청에게 있어 람화연은 람롱 그룹 내에서 별 볼 일 없던 자신을, 오직 '미들 어스'에 능통하다 하여 자신의 보좌로 직접 임명하고 끝까지 챙겨 준 은인이다.

비록 자신에게 징계가 내려지더라도 람화연을 돕고 싶다는 게 자청의 솔직한 마음이었다.

'회장님께서도 본부장님이 하이하를 생각하며 만든 이 선물을…… 이 선물에 담긴 '의미'를 분명히 파악하실 테니까.'

람화연이 준비한 이하의 '랭커 등극 기념 선물' 그리고 '미들 어스 유저 최초 누적 스탯 1만 돌파 선물'은 바로 이것이었다.

팸플릿에 합성되어 넣어진 것은 그냥 그림이 아니다.

단순히 미들 어스 안에서가 아니라, 두 사람이 향후 그려 나갈 '삶'에 대한 그림.

람화연이 이야기하고자 했던 것은 바로 그것이었다.

[이걸 보고도 람화연 씨와 아무런 관계도 없다 말씀하실 수 있을까요!? 자, 하이하 님! 람화연 씨는 당신에게— 무엇입니까!]

한국말로 신명 나게 묻는 아나운서와, 그 아나운서의 말이

즉각 번역되어 나오는, 람화연 집무실의 120인치 TV는 이제 이하를 비추고 있었다.

얼굴이 새빨개진 람화연은 마찬가지로 얼굴이 새빨개진 이하를 보고 있었다.

어찌나 당황했는지 턱까지 덜덜 떠는 이하였으나, 그는 카메라를 똑바로 보며 말했다.

[제——가, 사랑하는 사람입니다!]

"꺄아아아아아아악!"

전파를 타고 눈을 마주친 두 연인이 동시에 소리 질렀다.

이하는 집으로 돌아오자마자 곧장 방으로 달렸다.

모친이 없을 시간임을 뻔히 알았음에도 도저히 여유로운 모습을 보일 수가 없었기 때문이다.

'미쳤어. 미친, 미쳤어! 아무리 분위기에 휩쓸렸어도!'

그저 밝은 방청객들의 웃음과 돌고래처럼 톤이 올라간 환호, 이 정도의 답변까지는 예상치 못했다는 듯, 시청률이 대박날 것을 예감했다는 듯, 기뻐하는 아나운서, 뻣뻣하게 굳어서 카메라만 바라보는 자신 그리고 그 와중에 "저, 저도 좋아합니다, 보배 씨!" 하며 2차 스캔들을 만들어 버리는 기정까지!

밝고 경쾌한 일련의 소동과 같은 일은 몇 분간 방송 진행이 불가능할 정도로 장내를 뒤집어 놓았음은 물론이었다.

민망하고 부끄럽고 또 황당하다는 생각이 마구 머릿속을 뒤흔들고 있었지만 적어도 이하에게 떳떳함은 있었다.

'실제로…… 그러니까.'

자신의 마음이 어떤지 알고 있다.

람화연의 마음이 어떤지도 알고 있다.

람화연이 무슨 뜻으로 그것을 만들었는지, 아무리 눈치가 없어도 알 수 있는 사실이지 않은가.

그곳은 '집'이고, 두 사람은 '함께 사는 상태'였다.

'화연이가 직접 만들었을 거야.'

당연히 그래픽 디자이너가 함부로 사진을 가져다 쓰지는 않았을 것이다.

적발되었을 때 거액의 손해배상 소송에 당할지도 모르는 일을 함부로 할 리가 없다.

당연히 람화연이 이 일에 관여되어 있다는 의미이고, 결국 그녀가 생각하고 있는 뜻은…….

부우우우웅————!

때마침 울린 진동에 이하는 눈을 질끈 감았다. 이곳까지 오며 벌써 수없이 많은 진동이 울렸다.

누가, 어떤 메시지를 보냈을지 상상하는 것만으로도 정신이 아찔해지는 기분이 들 정도였다.

만약 그중 하나라도, 람화연이 자신을 질책하거나 실망했다는 표현이 있으면 어떡하지, 하는 기분.

다소 소심한 생각이었지만 이하는 자신이 방송에서 한 말이 어떤 파장을 불러일으킬지 어느 정도 알고 있었으니 어쩔 수 없었다.

'이제 단순한 게임 채널에서 툭, 튀어나온 말이 아니야. 아마도…….'

녹화된 화면은 매스컴의 여러 채널로 전파될 것이고 당연히 재계에도 전달될 것이다.

람롱 그룹의 후계 구도가 완전히 확정된 것도 아니건만, 가장 유력한 후계로 지목되는 람화연이, 재계나 정계의 인물이 아니라 그저 일개 게이머와 열애설이 있다는 이야기는 결코 가볍지 않을 테니까.

두근거리는 마음으로 이하는 자신에게 온 메시지를 확인했다.

별초의 유저들에게서 온 메시지가 많았다.

같은 한국 사람이므로 빨리 연락할 수 있는 혜인이나 징경경, 보배 등이 보낸 메시지가 각기 몇 개씩, 거기에 더해진 건 신나라의 메시지였다.

[멋지던데요? ㅋㅋ 보배는 람화연 씨를 향한 고백이랑 기정 씨가 한 얘기 때문에 정신이 없긴 한데, 저는 그보다 뒤에

했던 연설이 더 좋았어요. 아마 이하 씨 덕분에 〈신성 연합〉 쪽 준비도 빠르게 끝날 것 같으니, 미들 어스에서 봐요!]

"아…… 맞다. 그런 말도 했구나."

인터뷰에 응하기로 했던 가장 결정적인 이유에 대해서도 이하는 충분한 말을 하고 왔다.

미들 어스 시간으로 앞으로 100일.

마왕이 깨어난다는 사실과 그것을 막기 위해 '이미 알아낸' 시티 페클로를 습격, 점령하는 군세가 갖춰지고 있다는 점.

미들 어스 시간으로 만 하루가량이 더 지나는 시점에 총공세가 펼쳐질 예정이며, 따라서 한 명이라도 더 필요한 상황임을 이하는 강력하게 호소했던 것이다.

말하자면 이하의 짧은 선언은 마왕군 소속 유저들에 대한 완벽한 선전포고이기도 했다.

"으으……. 근데 구체적으로 뭐라 말했지?"

다만 당사자는 다른 사건(?)에 대해 떠올리느라 다른 사건이 워낙 커 정확한 기억을 못 하고 있었다.

〈제목: 야, 근데 하이하 말 잘하더라〉

〈제목: ㄴre: 프롬프터 읽은 거겠지〉

〈제목: ㄴre: ㄴre: ㄴㄴ 나 방청객이었는데 카메라 옆에 그런 거 없었음〉

〈제목: ㄴre: ㄴre: ㄴre: 인 이어에서 나오는 대로 말한 건가〉

〈제목: 몇 초 전까지 얼굴 새빨갛던 사람이 ㄹㅇ 순식간에 바뀌던데〉

〈제목: ㄴre: 나돜ㅋㅋ 그거보고 무슨 연기하는 줄〉

그러나 그것은 어떤 방향이 되었든 미들 어스를 플레이하는 유저라면 관심을 가질 수밖에 없는 말이었고.

〈제목: 근데 뭔가 끓긴 끓는다 ㅋㅋㅋ 아 접속해야지〉

〈제목: ㄴre: ㅇㅈ 은근 자극됨 ㅋㅋ〉

〈제목: 〈백룡 전투〉 때보다 훨씬 꿀이고 보상은 좋을 듯〉

〈제목: 저렙도 할 일이 있다니까 나도 이번엔 간다 ㅅㅂ〉

어떤 방향이 되었든 미들 어스를 플레이하는 유저들을 자극시키는 말이었다.

이하가 방송을 끝내고 집으로 복귀하기까지의 그 짧은 시간, 미들 어스는 오랜만에 최다 동시 접속자 수를 갱신했다.

"어, 연예인! 연예인 왔다아아아!"

"이하 씨!"

"우하하핫! 인터뷰는 도대체 그게 뭡니까? 나, 진짜 번역이 뭐 잘못된 건 줄 알고 나라 씨한테 몇 번이고 다시 물어봤다니까? 키야~ 증말 기가 막혔습니다."

"그, 그만들 놀려요. 하아아……."

시티 페클로의 위치를 듣고 이하가 마지막으로 로그아웃했던 장소는 〈신성 연합〉의 요새였다.

신나라와 라르크가 있는 곳에서, 이하를 발견하자마자 온갖 유저들이 몰려와 그에게 한마디씩 건네는 것은 당연한 일이었다.

이하는 몰려든 유저들에게 겨우 인사치레를 한 뒤에야 두 사람과 대화할 수 있었다.

"낄낄, 마스터케이 씨도 엄청 나던데!? 두 형제가 아주 그냥 그렇게 공격적인 연애를 할 줄 누가 알았겠어. 안 그래요, 나라 씨?"

"킥! 보배가 얼마나 당황했는지 어떻게든 그 얘기를 안 꺼내려고 난리도 아니었다니까요."

여전히 웃음을 머금은 두 사람을 보며 이하는 작은 한숨을 내쉬었다.

변명할 여지도 없는 본인의 갑작 고백에 대하여 무슨 말을 하겠는가.

어느새 요새로 들어온 루비니도 이하를 보며 가볍게 미소 짓고 있었다.

"아, 루비니 씨, 안녕하세요."

"안녕하세요. 인터뷰 잘하시던데요."

"으으, 너무 부끄러우니까 그 얘기는 그만해 주세요."

"아뇨, 그게 아니라…… 그 인터뷰를 보고 이토록 많은 유저들이 왔으니까요."

과장된 행동을 하는 이하를 보면서도 루비니는 미소를 풀지 않았다.

홀로그램 지도를 가리키는 그녀의 손을 보며 이하는 루비니가 다른 생각으로 웃었음을 깨달았다.

"아! 아아아, 그쪽 말씀이시구나. 흐흐, 운이 좋았죠. 사실 제가 무슨 얘기했는지도 기억이 잘 안 나거든요. 확실히 뭐, 이번 시티 페클로 공략은 생각보다 쉬울 것 같기도 하고. 굳이 제가 아니었더라도 유저들이 많이 참가하는 게 당연한 일일 겁니다."

이하는 루비니의 지도를 보며 고개를 끄덕거리고 있었다.

언제나 안대를 착용하고 있어 눈을 볼 수는 없지만, 지금 루비니의 시선은 분명히 이하에게 꽂혀 있었다.

신대륙을 발견하기 위한 항행에서 처음 만나, 이렇게 시간이 지날 동안 별다른 말도 해 보지 못했던 사람.

"후훗. 람화연 님께서는 별말씀 없으셨나요?"

"아, 크으으…… 이제부터, 아마 말하게 되지 않을까 싶어요. 칼라미티 레기온을 데리러 가려면 어차피 화연이네 요새로 가야 하니까."

"그렇죠. 전부 빨치산 요새에 두셨잖아요?"

"네. 거기가 주차 공간이 넓거든요. 아, 주차 공간이라고 말하니까 좀 이상하긴 하다. 헤헤."

어색하게 웃는 이하를 보며 그녀는 그가 람화연과 진심으로 잘되었으면 좋겠다고 바랐다.

더 이상 자신이 끼어들 여지가 없다는 건 누구보다 잘 알고 있는 그녀였다.

"보배네도 이미 신대륙 중앙으로 가 있대요. 유저들도 여기서 보급받아서 전부 그쪽으로 가고 있으니까, 하이하 씨도 바로 그쪽으로 오시면 될 것 같아요."

옆에서 이야기를 듣던 신나라가 말했다. 이하는 고개를 끄덕였다.

"네, 금방 합류하겠습니다. 후우우우……."

이하는 수정구를 꺼내어 들고는 심호흡을 했다. 미들 어스에 접속하며 이하가 걱정했던 것은 마왕군과 관련된 게 아니었다.

칼라미티 레기온을 데리고 신대륙 중앙에서 만나, 그대로 시티 페클로의 좌표를 향해 진격하면 된다.

마왕군의 반격은 거세지 않을 것이다. 문제라면 하나뿐이었다.

바로 그 문제가 무엇인지 알 만한 유저들이 이하를 흘끗흘끗 바라보며 묘한 미소를 짓고 있었다.

연보랏빛과 함께 이하는 마침내 람화연의 요새에 도착했다.

"하이하 님, 오셨습니까."

"블라우그룬 씨, 오늘도 열일하시네요."

"시티 페클로의 좌표를 알았으니 당연합니다. 해당 좌표 주변의 하우스하우스들과 특히 접촉 감도를 높여 수색 중이었습니다."

오퍼레이터의 규모는 다소 축소되었으나 긴장감은 어느 때보다도 높았다.

이번 일이 얼마나 중요한지는 화면을 관찰하는 유저들이 그 누구보다 잘 알고 있었기 때문이다.

"음, 음, 역시. 잘한다니까. 크흠, 그리고—."

이하는 헛기침을 했다.

블라우그룬의 옆에서 붉은 머리를 휘날리는 여성이 억지로 이하를 모른 척하고 있었다.

"본부장님? 무슨 하실 말씀이라도……?"

"쉬, 쉿. 가만히, 그냥, 저기, 일해요. 일."

"네, 넵."

할 말도 없으면서 굳이 유저 한 명의 옆에서 지시를 내리는 척하고 있는 람화연을 보며 이하는 은근슬쩍 그녀의 곁으로 다가섰다.

"저기……."

"으, 응!"

람화연은 화들짝 놀라 답했다. 괜히 헛기침을 하며 이하는 목청을 다시 가다듬었다.

블라우그룬이 그런 두 사람을 보며 고개를 갸웃거리고 있었으나, 이하는 신경 쓰지 않았다.

람화연을 만나면 반드시 해야 할 말이 있었다.

"괜히, 그…… 미안해."

보지 않았다는 가정 따위는 하지도 않은 채, 이하는 그녀에게 말했다. 어쩔 줄을 몰라 하던 람화연의 행동이 우뚝 멈춰섰다.

"……할 말이 그게 전부야?"

그녀의 목소리는 다소 가라앉았다.

람룽 그룹 내에서는 제왕학을 배운 여장부라지만, 그녀는 여전히 20대 중반 정도밖에 되지 않은 나이다.

기정보다도 어린 그녀가 이하에게 기대하는 게 무엇인가.

자신이 그토록 행동했음에도, 폐를 끼쳐서 미안하다는 따위의 말을 먼저 꺼내는 것인가.

어쩐지 화가 날 것만 같은 이하의 발언이었다. 당연히 이하도 람화연의 성격을 알고 있다.

애당초 그 말만 준비한 건 아니었다.

"응. 네가 말하게 해서 미안하다고."

"뭐?"

이하는 스윽 몸을 돌렸다.

"이 일이 다 끝나면, 크흠, 내가 말하러 갈게. 기다려 줘."

그리고 속삭이듯 람화연에게 한마디 건넨 후, 재빨리 움직이기 시작했다.

"후우, 자! 일합시다, 일!"

"자, 잠깐. 뭐— 그게 무슨 뜻이야?"

람화연은 이하에게 물었다.

그러나 이하는 람화연의 물음에 특별히 답하지 않고 곧장 블라우그룬의 곁으로 다가갔다.

"블라우그룬 씨, 뭐 특별한 놈들은 없었죠?"

"목적 좌표 인근에서 몇 사람이 갑작스레 등장한 적이 있습니다. 하우스하우스를 제 의지대로 움직일 수 있다면……. 놈들이 마지막으로 출몰한 장소가 바로 시티 페클로의 정확한 지형일 텐데, 차마 거기까진 확인하지 못했습니다."

"뭐, 탈영이라도 하려나 보지. 칼라미티 레기온까지 끌고 갈 거예요. 블라우그룬 씨도 준비해 주세요."

"네. 로드께는 이미 말씀드렸습니다."

람화연은 이하를 바라보았다.

아무리 스치며 말했다지만 못 들은 게 아니다. 하물며 그녀가 이해하지 못한 것도 아니었다.

그녀는 한 번 더 듣고 싶었을 뿐이었다. 자신이 이해한 게 맞는 것인지.

그러나 그녀는 묻지 않았다.

평소와 다름없이 전투를 준비 중인 게 무슨 뜻인가. 이하는 '이번 일'을 빠르게 끝내고자 하는 것이다.

바로 자신에게 오기 위해서……

"하여튼……."

람화연이 작은 미소를 지을 때, 신대륙 동부로의 진격 준비가 마무리되어 가고 있었다.

〈신성 연합〉의 이름으로 시티 페클로 정복에 나서기까지 미들 어스 시간으로 3시간 남짓이 남았다.

Geschoss 4.

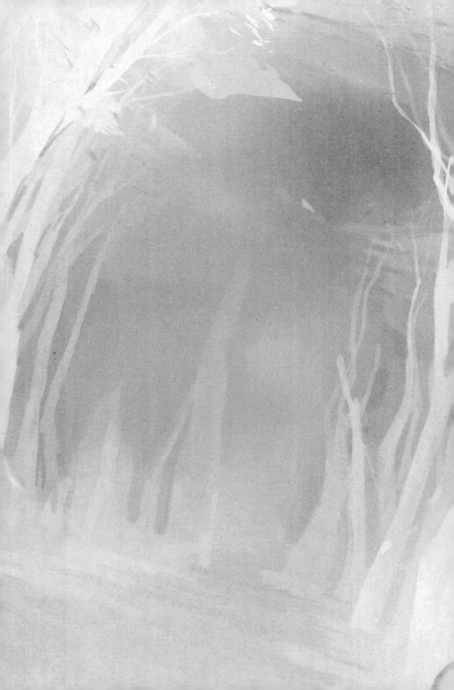

신대륙 중앙에는 이미 많은 유저들이 모여 있었다.

"하이하는 아직 오지 않은 겁니까."

칼라미티 레기온은 공간 이동으로 한 번에 옮길 수 없었기에 이하는 그들과 함께 이동하는 중이었다.

팔레오들과 람화연까지 도착한 지금, 사실상 이하와 칼라미티 레기온을 제외한 모든 군세가 집합한 셈이었다.

"흥, 머저리 같은 게 꼭 주인공인 척 늦게 등장하려는 습성이 있군. 어차피 우리보다 늦는데 말이야. 안 그런가, 키드?"

마침내 접속 제한이 풀린 키드 또한 그곳에 있었다.

루거는 은근히 키드의 곁에서 자신의 힘을 자랑했다. 키드는 모자를 흘끗 들어 올려 루거를 보았으나 대꾸는 하지 않았다.

"이 자식이? 말을 씹어?"

"당신과 내가 얻을 수 있는 걸 하이하가 얻지 못할 것 같습니까."

"뭐야? 푸핫! 이 자식, 벌써 마음에서부터 하이하한테 지고 있구만? 놈이 얻든, 못 얻든 중요한 게 아니야! 내가, 아니, 우리가 '한발' 더 빨리 얻은 게 중요한 거지!"

"뭐, 그것으로 당신이 만족한다면 그것도 좋겠습니다."

"이놈이, 진짜!"

키드와 루거는 평소와 다름없이 티격태격했다.

별초의 유저 몇몇은 그들이 어떤 이야기를 하는지 충분히 유추할 수 있었다.

"킷킷, 스승 NPC를 죽이면 얻는 뭔가가 있나 본데요?"

"으음, 아마도 그렇겠죠. 뭐, 어떤 의미로 삼총사 유저들은 복 받은 셈이네요. 하여튼 다들 운도 좋아."

"하핫. 보배 씨 말씀도 일리가 있습니다. 대부분은 자신들의 스승 NPC가 타락하는 시나리오 루트를 못 찾을 가능성이 크겠죠."

비예미와 보배 그리고 혜인의 대화를 들으며 기정의 눈도 조금 커졌다.

"얼라리? 그러네? NPC가 타락 루트를 타야만 얻는 게 있다고 한다면— 그건 일반 유저들한테 너무 불리한 거 아닌가?"

"킷! 바꿔 말하면 저 세 사람은 거의 스승 NPC의 덕도 못 보고 홀로 컸다는 의미이기도 한데요?"

"아, 그렇구나. 으음……. 그럼 안 되지. 만약 제가 그랬으면— 으으, 템플러 스킬을 어디서 배우겠어요."

장점이 있으면 단점도 있다.

그동안 불리한 플레이가 많았으니 유리한 루트를 탈 수도 있는 법이다.

비예미의 한마디에 기정은 곧장 수긍했다.

보배는 그런 기정을 흘끗흘끗 바라보다 고개를 돌렸다. 그들의 바로 곁에선 에윈과 신나라, 라르크가 평소와 다름없이 작전 회의를 마무리하고 있었다.

"이번엔 추행진으로 돌진하지 않으셔도 됩니다. 목표는 시티 페클로를 정벌하는 것이지만…… 우선순위는 주변 수색이니까요."

"아무래도 그래 보이는군. 적이 등장하지 않는 정벌이라니, 참으로 우습게 됐구만."

그들이 있는 곳 자체가 전방이었지만, 직전 전투처럼 에윈이 꼭짓점의 역할을 수행치 않아도 상관없었다.

몇몇 몬스터로 추정되는 점이 보이긴 했으나 마왕군 소속의 유저는 물론 몬스터조차 등장하지 않은 상태였기 때문이다.

게다가 시티 페클로의 위치는 이미 좌표상으로 알고 있다.

그곳을 향해 진격하며, 혹시 모를 주변의 기습에 대비하기 위해 오히려 진을 넓게 배치해야 한다는 게 〈신성 연합〉 작전 참모들의 제안이었다.

"음, 그럼 우선 좌표상 위치로 보아, 여기 근방일 겁니다."

"적이 배치되어 있다면 그 근방일 가능성이 높아요. 시티 페클로로 향하는 길의 지형이 협곡 형태로 되어 있다면, 그곳에서 우리를 기습하려 들겠죠."

모두가 루비니의 지도에 집중하고 있었다.

오라클 유저 몇몇은 루비니를 보좌하여 초대형의 홀로그램 지도를 만드는 데 동참했고, 그 지도는 이미 신대륙 중앙부 인근보다는, 동부 너머의 예상 지형을 그려 내고 있었다.

즉, 전투다운 전투가 신대륙 중앙부에서는 일어날 거라 생각조차 않는 게 현재 〈신성 연합〉의 생각이었다.

루비니라는 눈이 있고, 〈백룡 전투〉에서 활약한 역전의 용사들이 있다.

적어도 이들에게 무서운 점은 없었다.

"우선 A 포인트까지 이동한 후에—…… 어?"

"응? 뭐야?"

"지도가 사라졌는데요, 루비니 님?"

조금 전까지 유저들의 전방에 소환되었던 거대 홀로그램 지도가 막 소멸되었다.

유저들은 고개를 갸웃거리며 뒤를 돌아보았다.

"어라? 뭐지? 루비니 님— 어, 어어어!"

루비니는 잿빛 사체로 변해 있었다.

"루, 루비니 님?! 루비니 님이 죽었어!"

상황을 즉각 이해한 자는 없었다. 누군가는 인상을 찌푸렸고, 누군가는 주변을 둘러보았다.

"뭐야! 어떻게 된 거야!?"

"어떤 병신이 루비니 님을 공격했어!"

한마디 비명조차 지르지 못하고 유저들보다 더욱 깊은 자리에 있던 그녀가 갑자기 죽었다고?

그렇다면 그건 주변 동료가 천지 분간 못 하고 흥분하여 휘두른 검에 맞은 거라고밖에 볼 수 없지 않은가?

그렇게 생각하는 게 당연했다.

대부분의 유저들에게 그 정도 상상력 이상을 발휘할 여력은 없었다.

"라르크!"

단 두 사람만 빼고.

고개를 갸웃거리던 라르크의 이름을 외친 것은 람화연이었다.

"〈감싸 안는 그린〉!"

퍼어어어억……!

라르크와 에윈 그리고 에윈의 말馬이 동시에 나가떨어졌다.

"총사령관 님! 라르크 씨!"

신나라는 황급히 그들을 향해 달렸다. 루비니가 죽은 것을 발견했을 때와는 달랐다.

이것은 명명백백한 공격이었다.

"우와아아악!?"

"총사령관이 공격당했다!"

"적? 적이 나타난 거야?"

황급히 유저들이 각종 스킬을 캐스팅하기 시작했다.

그러나 이미 늦었다. 바닥을 데굴데굴 구른 라르크는 겨우 고개를 들어 신나라에게 물었다.

"나라— 씨, 에윈 총사령관은…….."

"살았어요! 살았으니까 걱정 말아요!"

"그럼……. 나도 좀— 챙겨 주시지, 누가 힐 좀…….."

쓰러져 있는 연인보다도 〈신성 연합〉의 총사령관을 먼저 챙기는 여자 친구라니…….

라르크는 새삼 씁쓸한 기분이 들었으나 역시 그런 성격이야말로 신나라를 대변해 주는 것이니 뭐라 말하기도 어려웠다.

"공격, 콜록, 인가."

"아직은 알 수 없습니다. 하지만 서 라르크의 배리어가 파쇄된 것으로 보아—"

"엄청난 적이로군. 우선 모두 무르게. 우리의 '눈'이 파괴된 이상, 당장 그 적을 상대할 사람은 없을 터."

에윈은 신나라의 부축을 받아 일어서면서 빠르게 지시했다.

자신이 저격당할 수 있었음에도 전혀 당황하지 않은 채 적의 실력을 인정하고, 혹시 모를 변수를 없애는 게 바로 '초원의 여우'가 지닌 능력이었다.

　유저들은 황급히 뒤로 물러서기 시작했다.

　"꺽—."

　"카학……!"

　그 와중에도 소리 없는 공격은 유저들을 가격했다.

　다급하게 사용하여 시전 시간이 짧은 만큼, 그 강도 또한 약한 배리어나 쉴드 따위는 단숨에 파괴되며 스킬 시전자를 죽음으로 인도하고 있었다.

　"으으, 배리어가 다 부서지고 있어!"

　"미친, 무슨 공격인데 이래? 그냥 째! 도망가야 해!"

　정돈된 퇴각이 혼비백산의 도망으로 변하기까지는 그리 오랜 시간이 걸리지 않았다.

　라르크와 신나라는 모두 눈살을 찌푸렸으나 이 혼란은 쉬이 수습할 수 없다고 판단했다.

　"총사령관님."

　"그랜빌을 요새에 두고 오는 게 아니었군. 괜찮아, 지금은 자연스레 퇴각하도록 두는 것도 나쁘진 않지."

　그것은 에윈도 마찬가지였다.

　황급히 퇴각하던 유저들이 서로 뒤엉켜 바닥을 구를 정도였으니, 에윈의 독려도 그다지 소용이 없었다.

갑작스레 아비규환이 된 전장에서 몇몇 유저들의 행동은 달랐다.

길드 별초의 인원들과 람화연 그리고 키드와 루거는 한 사람의 곁으로 모이고 있었다.

"라파엘라 씨, 버틸 수 있으십니까."

가장 강력한 배리어를 유지할 수 있는 유저. 그러나 정작 라파엘라의 표정은 어두웠다.

"만약 제 배리어에 초탄이 피격되면 그 즉시 흩어지세요."

"키킷― 말도 안 돼. 그 정도라고요?"

"라르크 씨의 〈감싸 안는 그린〉의 순간 방어력은 제 일반 유지 배리어보다 강합니다. 지속 시간이나 쿨타임의 차이가 있을 뿐, 무시할 수 없는 방어력이 '한 발'로 산산조각 났어요. 그뿐 아니라 고작 한 방에 앞도 못 보고 허우적거릴 정도로 강력하잖아요!"

성녀는 이미 죽음을 각오하고 있었다.

만약 그의 공격이 이곳을 노린다면 자신이 버틸 수 있는 것은 어림잡아 세 발 전후가 한계치일 것이다.

"……브라운보다 강하다는 뜻인가."

"굳이 비교할 필요는 없을 거라 생각해요."

"빌어먹을."

루거의 얼굴이 일그러졌다.

단순히 미니스의 파괴된 도시를 보는 게 아니라, 브라운의 공격을 현장에서 직접 확인하고 대응하기 위해 움직인 유저는 극소수다.

즉, 라파엘라의 설명을 들어도 지금의 적이 얼마나 강한지 체감할 수 있는 유저가 많지 않다.

"그런데 도대체 누가? 킷, 누가 이런 황당한 짓거리를 하는 거죠? 하이하이 씨가 했다고 하면 오히려 믿음이 가겠는데……."

브라운의 막강함을 모르는 유저는 그보다 더 막강한 '적'에 대해 상상하기 힘든 게 당연하기 때문이다.

비예미의 말을 듣기 무섭게 람화연은 그를 잠시 노려보곤 답했다.

"적의 정체는 파악 중이지만— 파악 따윈 필요 없을 것 같네요. 최근 샤즈라시안 쪽에서 별다른 사건이 일어나지 않았다면 엘리자베스가 넘어왔을 가능성이 높아요."

람화연이 거의 확정적으로 말했다.

엘리자베스가 다시 이곳에서 활동을 한다 해도 전혀 이상하지 않은 근거는 혜인이 보완했다.

"저도 동의합니다. 〈백룡 전투〉 이후로 전력이 급감한 데다 퓌비엘과 미니스의 혼란이 수습되어 가고 있으니 엘리자베스를 불러들이는 건 전략적으로도 당연하죠."

하물며 시티 페클로를 정복하러 나가자는 선포가 있지 않았던가.

〈마나 중계탑〉을 사용할 수 없는 엘리자베스가 어떻게 이리 빠른 시간에 신대륙으로 돌아왔는지는 알 수 없지만, 어쨌든 엘리자베스 카드를 신대륙으로 돌려서 막을 이유는 충분했다.

유저들의 의견은 합리적이고 논리적이었다.

"아니, 엘리자베스가 아니야."

루거가 전방을 노려보았다.

라파엘라의 배리어에 숨은 그들은 허겁지겁 후퇴하는 무리에서 제법 안쪽으로 들어와 있었다.

"음? 루거 씨? 누가 보이나요?"

"뭬, 아니, 안 보인다. 하지만 느껴진다."

분명히 안전을 겸할 수 있는 위치였지만 그는 당장이라도 〈코발트블루 파이톤〉으로 반격하려는 듯 자세를 취하고 있었다.

람화연은 인상을 찌푸렸다.

"지금 단순히 느낌 가지고 말할 때가 아녜요. 우선 알렉산더와 베일리푸스, 그리고 메탈 드래곤이 오는 대로 마나 탐지를 광범위하게 사용할 수 있을 테니―."

"루거는 단순한 느낌으로 말한 게 아닙니다."

그러나 그녀의 합리적인 사고에 키드 또한 반대하고 나섰다.

혜인과 비예미 등 '논리파' 유저들은 키드의 그런 행동에 다소 의아했다. 다른 유저라면 몰라도 삼총사의 키드라면 반드

마탑의 사수

시 자신들과 유사한 생각을 할 거라 믿었건만……

"킷킷, 보이진 않을 것이고. 이유는요?"

"하이하는 엘리자베스를 진짜 저격수라고 칭한 적이 있습니다. 샤즈라시안에서 그녀가 보여 주었던 저격은 상상을 초월하는 것이었습니다."

"키킷, 상상력이 풍부한 건 인정이지만—."

"아니, 그녀였다면 초탄으로 루비니를 죽이지 않고 에윈을 죽였을 거라는 뜻입니다."

비예미가 무어라 말하기도 전 루거가 소리쳤다.

"그렇지! 내가 하고 싶은 말이 그거였어! 그년은 진짜 저격수다, 저건— 파괴력은 굉장할지 몰라도 어떤 목표물을 노려야 하는가, 라는 측면에서 한 끗발 아래야. 그리고 나는 그런 한 끗발 아래의 총잡이 새끼를 알고 있지."

루거와 키드는 눈을 마주쳤다.

두 사람은 최초의 공격이 실시된 이래, 적의 정체를 어느 정도 파악한 상태였다.

그리고 이제 키드와 루거의 추론을 통해 주변의 유저들도 그 사실을 알 수 있게 되었다.

"아아!? 카일이라고요!? 아닌데? 분명 그때 이 정도가 아니었는데?"

정체를 파악한 유저 중 오히려 놀란 사람은 기정이었다. 그로서는 당연한 일이었다.

간과하고 있는 사건이 있기 때문이다.

"킷, 길마 님이 상대했던 건 엘리자베스, 브라운과 '함께 있을 때'의 카일이었죠. 특별히 우릴 죽인다기보다 그저 맹송맹송한 견제나 하던 당시가 '그 정도'의 힘이었어요."

"네? 아…… 그러고 보니……."

〈천국으로 가는 계단〉 너머로 다녀올 당시, 별초의 유저들은 겪어 보았다.

엘리자베스와 브라운을 잃고 방황하던 카일의 힘을.

그때도 이미 상대할 수 없을 지경이었다. 그렇다면 지금은?

"그렇군. 그때보다 더 강력해진 게 이런 수준이라는 뜻인가요."

"말도 안 돼. 그때는 제가 탄환을 떨어뜨리는 것도 몇 번 했다고요."

"……아니, 어느 정도 가능성은 있습니다. 그는 당시부터 이미 불안정한 상태였으니까요. 만약 그가 안정을 되찾았다고 가정한다면……."

하물며 혜인의 말을 기반으로 삼는다면, 그때보다 강력해진 이유도 충분히 추측할 수 있다.

키드는 고개를 끄덕였다.

"자미엘로 변한— 음?"

슈와아아아……!

마침내 공간 이동이 가능해진 지역까지 후퇴한 그들의 곁에, 이하가 연보랏빛과 함께 나타났다.

"조심해! 저건 아마 카일—."

까아아아아———————— 으!

깡통을 후려치는 통렬한 소음과 함께 이하의 몸이 날아갔다.
한마디를 미처 끝내기도 전에 벌어진 일이었다.

"하이하!".
람화연이 이하에게 다가서려 했으나 기정이 그녀의 옷자락
을 붙잡았다.
"이거 놓—."
[묘오오오옹!]
젤라퐁은 널브러진 이하의 몸에서 촉수를 내뿜어 라파엘라
의 배리어 내부로 향했다.
자동으로 자신의 주인을 옮기는 아이템과 펫의 중간 생명
체를 보며 유저들이 잠시 당황했을 때 이하가 겨우 눈을 떴다.
미리 사용해 두었던 스킬 〈플래티넘 쉴드〉는 단 일격에 사
라졌고, 심지어 젤라퐁은 한 번 죽었다 살아날 정도로 HP가
소모되었으며 자신의 시야도 검붉게 변해 있었다.

"괜찮아! 카학, 괜찮아, 화연아! 블라우그룬 씨, 바로 배리어부터!"

한 방에 죽을 뻔한 위기를 넘겼음에도 이하는 당황치 않고 빠르게 외쳤다.

때마침 나타난 블라우그룬은 라파엘라의 배리어 위에 자신의 쉴드를 한 겹 더 덮었다.

"하이하 님, 괜찮으십니까?"

"괜찮아요. 그리고 바하무트 님은 오시지 말라고 하세요. 절대 오면 안 됩니다. 알렉산더한테도! 베일리푸스 님도 오면 안 돼요."

이하는 칼라미티 레기온과 함께 이곳으로 달려오다 소식을 들었다.

말도 안 되는 공격력과 적중률 그리고 가늠조차 할 수 없는 거리 감각.

여기까지는 엘리자베스와 카일을 구분할 수 없었으나 이하 또한 키드와 루거와 같은 추론으로 적이 카일이라 단정 지을 수 있었다.

적은 카일이다.

아무리 강한 배리어를 보유한 NPC라도 그는 죽일 수 있다.

"그들이 오면 마탄을 쓸 거야. 그건 막아야 해."

그는 마탄의 사수니까.

이하의 말을 들은 블라우그룬은 곧장 반응했다. 그사이 키드가 이하에게 다가와 물었다.

"당신은 카일이 보입니까."

"카일은…… 이제 피탄 각도로 방향을 찾을 수 없어. 당장 찾는 건 불가능할 거야."

이하는 안타까운 표정을 없애지 못한 채 고개를 저었다.

람화연도 입술을 깨물며 물었다.

"그럼? 이렇게 그냥 돌아갈 수밖에 없단 얘기야?"

칼라미티 레기온마저 중간에 내버려 둔 채 황급히 그들만 이곳에 온 이유가 무엇인가.

이하는 카일이냐, 엘리자베스냐보다 더 중요한 문제가 있다는 것을 알고 있었다.

"화연아, 카일은 혼자 움직인 게 아니야."

그것은 람화연도 곧장 알 수 있는 문제였다.

적이 엘리자베스가 아니라 카일이 확실하다면, 그가 움직일 이유는 하나밖에 없지 않은가.

"……치요가 포섭에 성공했다?"

최근에는 서로 눈 한 번 마주친 적 없다.

서로의 소식을 들어 본 적도 없다.

귓속말이 서로 완전히 차단되어 있는 두 사람은 접속을 했는지, 안 했는지조차 확인이 불가능하다.

그러나 이하는 느낄 수 있었다. 이 타이밍에 이런 공격을 실행한다는 게 어떤 의미인가.

"포섭에 성공한 정도가 아니라…… 마왕군과 다시금 협력하고 있다는 거지."

아직 자신이 건재함을 드러내려는 것이다.

에윈을 죽이기보다 카일과 자신의 위치를 확인할 수 있는 루비니를 먼저 죽임으로써 혼란을 더욱 가중시키려 한 것이다.

거기까지 이야기가 진행된 이상, 라르크와 신나라는 더 이상 이곳에 군세를 데리고 있을 필요를 느끼지 못했다.

"우선 후퇴한 후 전선을 더 넓게 펼치는 수밖에 없겠군. 카일이 아무리 뛰어난 명사수라도, 신대륙 중앙부에 몇 킬로미터의 전선을 동시에 진격시키면 전원 상대는 불가능할 테니까."

"그리고 메탈 드래곤의 지원도 별로 기대할 수 없겠죠. 에윈 총사령관도 내세울 수 없고……."

그들의 재빠른 태세 전환에 람화연도 가세했다.

"하이하, 당신의 칼라미티 레기온도 활용하기 아까워. 다시는 구할 수 없는 디스펠 전문 생명체를 잃을 순 없어."

보존할 수 있는 전력과 마탄의 피격 위험이 있는 모든 전력을 전선에서 배제해야 한다.

당연히 〈신성 연합〉의 세력도 엄청나게 줄어들 것이다.

아직 30만 전후의 1, 2세대 마왕군이 존재한다는 것을 생각하면 이것은 매우 뼈아픈 감축이 될지 모른다.

이하는 무던한 표정으로 고개를 끄덕였다.

"그래서 우선 내가 온 거야."

주변 유저들이 이하의 말을 이해하기까지는 약 다섯 걸음 정도의 시간이 더 필요했다.

"지금 그 말은 조금 허세라는 걸 생각해도 좀 멋졌어요."

"키킷, 역시 보배 님이 제가 할 말을 먼저 하네요. 단, 저는 뒤의 문장은 빼고 하려 했지만. 하이하이 씨가 랭커가 된 것과 지금 저 괴물을 상대하는 건 난이도가 전혀 다른 일이라고요."

이해는 했지만 무어라 말해야 할지 모를 정도로 당돌한 이하의 선언에 가장 먼저 반응한 건 역시 보배와 비예미 두 사람이었다.

길드 별초에서 '말싸움'이나 '비꼬기' 등을 담당하는 목청 큰 두 명이었지만 이번만큼은 이하를 향한 진심 어린 칭찬과 존경 그리고 걱정의 태도가 담겨 있었다.

오히려 이번엔 다른 유저들이 더욱 이하의 선언을 믿을 수 없다는 듯 물었다.

"미친놈. 잡을 수 있다고?"

"해 봐야지. 어쨌든 카일은 나를 쐈으니, 날 보고 있다고 인정해야 해. 아니, 보든 안 보든 시스템으로 나를 인식한 후, 그 사실을 치요에게 말해 주고 있겠지."

루거가 반박하기도 전 키드가 물었다.

"그런데 어떻게 상대한단 말입니까."

"일단 숨어 보고, 관찰해야지."

키드를 향한 이하의 간단한 답변 후, 지금까지 생각을 정리하던 기정이 말했다.

"형? 아무리 마탄이 제한된 기회라고 하지만! 치요가 붙어 있는 데다, 형이 남아 있는 걸 알면 반드시 마탄을 쏘라고 할 텐데? 지금까지 마탄에 맞은 유저가 한 명도 없다는 걸 알아야 해! 무슨 일이 생길지 모른다고!"

정말 적이 카일이라면, 정말 적과 치요가 함께 있는 것이라면……

이하를 향한 치요의 분노는 장난이 아니다. 그는 카일을 꼬드겨 어떻게든 마탄을 사용하게 만들지도 모른다.

어쨌든 엘리자베스, 브라운 그리고 뱀파이어들과 함께 다니던 때와는 다르다.

믿을 수 있는 자신의 힘이 있고 여전히 세력이 건재할 때 마탄은 최후의 수단으로 아껴 두었던 그녀다.

그러나 지금은?

잃을 것 없는 수준까지 간 치요는, 비록 한 번의 기회를 날리는 한이 있어도 카일에게 마탄의 사용을 유도해 내리라.

기정의 머릿속에서 오랜만에 길고 긴 추측과 생각을 통해 나온 말이었다.

"알고 있어, 기정아."

이하는 그것을 단 한마디로 일축했다.

람화연과 신나라 그리고 라르크 등 오히려 평소에 간섭을 많이 하고 생각이 많던 유저들은 이하에게 아무런 말도 하지 않았다.

만약 이 자리에서 이하가 카일을 상대해 낼 수 있다면 더 이상 아무런 문제도 발생하지 않기 때문이다.

'전선을 펼칠 필요도 없고…….'

'메탈 드래곤과 총사령관의 그 막강한 전력을 고스란히 활용할 수 있어.'

'그리고 카일의 이런 활약이 소문으로 퍼지기라도 하는 날엔……. 유저들의 이탈이 발생할 거야. 그걸 막을 수도 있다.'

카일을 제거함으로써 얻을 수 있는 무수한 이득이 있다.

평소라면 작전의 효과와 리스크의 무게를 비교해 보아야겠지만 지금 말한 자가 누구인가.

"솔직히 자신은 없지만, 뭐, 결과는 해 봐야 아는 거 아니겠어?"

언제나 불가능을 가능으로 만들었던 자다.

이미 모든 생각을 끝내고 꺼내는 말이라면 반드시 믿는 구석이 있다는 의미이기도 하다.

그렇다면 더 이상 선택의 여지는 없었다.

"그럼 하이하 씨? 우리가 도울 일은?"

"블라우그룬 씨는 즉시 돌아가셔서 칼라미티 레기온 다시

옮겨 주세요. 그리고 다른 분들은 시간을…… 좀 끌어 주면 됩니다."

"시간이라……. 지금 그걸 못 끌어서 도망가고 있는 거 알고 있죠?"

이하는 가볍게 말했지만 결코 가벼운 주문이 아니었다. 그들 모두 알고 있었다.

이하와 카일의 싸움은 오랫동안 지속될 만한 게 아니다.

이하가 만약 카일을 죽이려고 한다는 걸 눈치채는 순간 마탄은 쏘아질 것이며, 그 마탄이 사용되기 전에 빠르게 카일을 찾아 그를 사살해야 하는 싸움이다.

'게다가 젤라퐁도 한 번 죽어 버렸기 때문에…… 들켰어. 카일이 나한테 연사를 하지 않은 것도 그 때문이었을 텐데.'

〈플래티넘 쉴드〉가 사라지고, 젤라퐁이 잿빛으로 변해 버린 걸 카일은 보았을 것이다.

그 사실을 기반으로 치요에게 '하이하가 죽었다'는 말을 했을지도 모른다.

그런데 멀쩡히 살아 있다면?

당연히 젤라퐁의 능력에 대해 치요는 의심할 수밖에 없게 된다.

다들 '시간을 끌 만한' 각자의 준비를 하는 사이에도 키드와 루거는 여전히 탐탁지 않은 얼굴로 이하를 바라보고 있었다.

이하는 그들의 시선을 받으며 웃었다. 지금 이 상황에서 할 수 있는 말은 한 가지뿐이었다.

"죽지들 마. 시간 끈다고 까불다가 죽어 버리면 더 큰일인 거 알지?"

"누가 누구한테 할 소리인지 모르겠군. 캬하핫, 유저 최초로 마탄 맞고 뒈져 버리던가. 흥."

"적어도 하이하 당신보다 우리가 죽을 확률이 더 적을 겁니다."

두 사람은 곧장 자신들의 무기를 치켜들었다.

외형상 크게 다른 점은 발견할 수 없었지만, 이하는 그들의 자세만으로도 무언가가 변했음을 알 수 있었다.

"하이하, 나는—."

"화연이는 돌아가 있어. 여기 있는 사람들로도 충분할 거야."

"알았어. 팔레오들 수습해서 먼저 갈게."

람화연은 감정적으로 이곳에 남겠다는 따위의 말을 하지 않았다.

오히려 그녀는 가장 냉철한 판단으로 자신이 해야 할 일을 계산해 냈다.

그녀가 수정구를 꺼내어 들고, 이하가 주변의 유저들을 한 번씩 훑어보는 순간…….

콰아아아아——————— 오!

"꺅— 브, 브라운의 공격 같은 게—."

라파엘라의 쉴드 위로 거대한 폭발이 일었다.

주변의 몇몇 유저는 폭염에 휩쓸려 죽어 버릴 정도였지만, 라파엘라의 쉴드 뒤에 있는 이하는 이것이 기회임을 알 수 있었다.

"다 흩어지세요! 화염이 사라지기 전에, 지금!"

제아무리 카일이라도 이것을 볼 수는 없으리라.

"만약 나 죽으면 하이하 씨한테 반드시 책임 물을 겁니다! 〈화이트 윙〉!"

"모두 살아서! 다시 만나요! 하앗!"

라르크와 신나라의 스킬을 시작으로, 유저들은 사방팔방 흩어졌다.

"〈녹아드는 숨결〉."

그리고 이하는 바닥에 납작 엎드려 포복을 시작했다.

후우우우…….

조금 전까지 들려오던 유저들의 비명과 혼란 섞인 발걸음 소리는 모두 사라졌다.

이하는 갑작스레 홀로 남았다는 생각이 들었다.

당연히 그것은 아니었다.

흘끗 뒤를 돌아보아도 라파엘라가 인상을 찌푸리며 카일의 공격을 막아 내는 장면이 보이고 있었다.

공격의 성질은 마지막으로 피격되었던 것과 크게 다르지 않았다.

'폭발형……. 언데드 브라운— 아니, 키메라 브라운이 사용했던 그것과 유사한 건가.'

과연 파괴력은 어느 정도일까.

이하는 자신이 맞았던 공격보다는 약할 것이라 생각했다. 루거를 통해 [관통]에도 몇 가지 성질이 세분화된다는 것을 보지 않았던가.

'벙커 버스터나 레일 건의 형태처럼……. 말 그대로 목표물을 뚫어 버리고 들어가는 공격이 있는 반면—.'

폭발형처럼 나름대로 범위 공격으로써 목표물의 약점을 [관통]한다는 개념의 공격이 있다.

즉, 폭발형 공격을 사용한 이상 [명중]형 공격을 사용했을 때보다는 단일 공격력은 낮을 수밖에 없지 않은가.

'아니, 놀라운 건 그 모두를 사용한다는 점이려나? 브라운, 엘리자베스와 함께 있었으니까 크게 놀랄 것도 아니긴 하지만……'

언젠가 사우어 랜드에서 대결한 적이 있다.

카일은 지금과는 다른 방식이었지만 속사로 키드를 이겼고 관통으로 루거를 이겼었다.

그 이후로도 제법 많은 시간이 흘렀고, 하물며 카일의 상태가 과거 자신이 알던 때와 완전히 다르므로 저런 수준의 변화는 그리 놀라운 게 아니었다.

'문제는 어느 정도로 사용하느냐는 거다. [명중]과 [관통]을 어느 수준까지 단련해서 사용할 수 있을까.'

이하는 다시금 뒤를 돌아보았다.

여전히 폭염이 하늘로 솟구치는 모습이 보이긴 했으나 더 이상 유저들의 얼굴을 볼 수는 없었다.

이미 충분히 단련된 낮은 포복인 데다, 스탯 보정이 있는 한 이하의 움직임은 결코 느리지 않기 때문이다.

'자, 여기서 승부를 봐야 해. 조금 더 가면 공간 이동은 안 된다. 사실상 여기가 마지노선이야.'

아주 잠깐 다른 생각을 하며 기어간 것만으로도 이하는 신 대륙 중앙의 마지막 경계선까지 다가온 상태였다.

그리고 마침내 이하는 자신을 완전히 노출시켰다.

지금은 〈녹아드는 숨결〉은 사용 중이다.

이하가 카일을 상대하기 위해 가장 먼저 테스트해 보고 싶은 건 이것이었다.

'카일, 너는 날 볼 수 있을까. 지금이야 다른 사람들에게 시선을 빼앗긴 상태겠지만― 저들이 사라지기 전에 날 발견할 수 있을까.'

카일의 '눈'은 어느 정도인가.

적어도 당장 자신에게 공격이 개시되진 않았다.

그러나 여유가 있는 건 아니다. 카일이 자신을 발견할 능력이 없는 것인지, 아직 관심이 없어서인지는 장담할 수 없으니까.

'크툴루에게 감염된 몬스터들, 그 수준 높은 몬스터들도 내 흔적을 발견했었어. 카일이 그 정도의 능력을 지니고 있을 가능성도 염두에 두어야 한다.'

만약 치요가 곁에 있다면 나부터 찾으라고 하겠지.

이하는 호흡조차 조심스레 내뱉어 주변의 잡초들이 부자연스럽게 흩날리지 않도록 주의했다.

이곳에서 얻어야 할 정보는 그의 '눈'뿐만이 아니다. 그의 사거리도 알아야 한다.

마지막으로 보았던 포탄의 피격각을 기준으로 이하는 멀리 신대륙 동부의 숲을 살폈다.

〈백룡 전투〉 당시 마왕군 유저와 몬스터들 그리고 칼라미티 레기온이 튀쳐나왔던 수풀은 카일의 모습을 완벽하게 가려 주고 있을 것이다.

'아니…… 저 숲 부근도 아닐 거야. 분명히 숲 내부에 있다.'

만약 숲 어딘가에서 사격을 개시했다면 루거나 키드가 발견했을 가능성이 높다. 그들도 보지 못했다는 것은 노출된 지역이 아니라 숲속에서 격발했다는 뜻이 된다.

스킬 등급이 또 한 번 향상된 〈독수리의 눈〉과 블랙 베스의 스코프를 통해 이하는 카일이 있을 만한 곳을 살피기 시작했다.

'숲속에서 쏘는 건 저격의 기본. 자신의 모습은 숨기면서 목표물은 노릴 수 있다. 하지만 나도 예전의 내가 아니야.'

〈꿰뚫어 보는 눈〉이 있다.

웬만한 거리라면, 어중간한 은신 따위를 하고 있다면 자신의 눈에 숲의 색과 다른 '테두리'가 반드시 보일 것이다.

'무엇보다 숲에서 저격을 하는 단점이라면……'

바람 소리 조차 들리지 않는 고요함 속에서 이하는 숲을 살폈다. 피격 각도를 역산하여 카일의 위치를 잡는 것은 불가능하다.

그러나 숲에서 쏠 때의 약점이 있다.

'총성 때문에 주변의 동물들이 전부 도망간다는 것이지.'

이하가 집중하고 있는 부분은 바로 그곳이었다.

도대체 얼마나 깊은 숲속에 자리해 있는지 모르지만, 새 둥지와 그곳에서 알을 품는 작은 새가 보인다.

다른 쪽에선 오들오들 떨고 있는 여우가 보인다.

그러한 짐승들의 흔적이 보이는 와중에 그 어떤 생명체의 흔적도 없는 곳.

카일이 있을 듯한 장소를 추정해 내는 건 어려운 게 아니다.

'방향은 이쪽……. 거리는……?'

이하의 눈은 마침내 카일의 위치를 어림잡을 수 있었다. 그러나 그의 '테두리'는 보이지 않았다.

아무리 눈에 힘을 주어도 마찬가지였다.

치요를 비롯한 시노비구미는 물론, 마왕군도 보이지 않았다.

'젠장, 최대 사거리에서 쏘는 건가? 하긴 그게 당연한…….
아니, 아니다.'

그가 자신이 할 수 있는 최장거리에서 사격을 하는 것이라
생각했던 이하는 갑자기 소름이 돋았다.

첫 번째 이유는 거리였다.

루비니와 에윈은 지금 자신이 있는 위치보다 '앞'에서 저격
당했다. 그 저격을 최대 사거리에서 했을 가능성은 물론 생각
할 수 있다.

그러나 지금은?

이하는 고개를 돌렸다.

하늘을 날아다니며 유저들의 퇴각 시간과 수정구 발동 시
간 등을 벌어 주는 라르크 등이 보였다.

지금 저들과 자신의 거리는?

'맨 처음 저격은 최대 사거리일 리가 없어. 지금 저들이 아
직 내 눈에 잡힌다는 건 공격받고 있다는 뜻일 테고—.'

카일이 자신을 공격하지 않는 이유 중 하나가 아니겠는가.

즉, 카일은 신대륙 중앙에서 훨씬 더 물러난 유저들을 쏠 수
있을 정도의 사거리가 있다.

카일의 공격은 자신보다 먼 곳에 닿는데, 자신은 카일을 볼
수조차 없다고?

Geschoss 5.

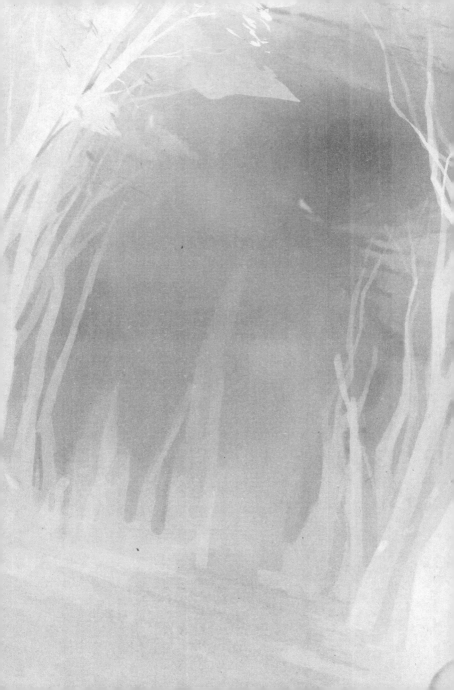

'말도 안 돼! 어떻게 그런— 아니, 그럴 수가 있나?'

이하는 식은땀이 흐르는 기분을 받았다. 카일을 상대하는 게 쉬울 거라고 생각하진 않았다.

그러나 찰나의 순간, 지금 목숨을 걸고 다른 유저들이 시간을 끌어 줄 때 자신이 발견만 할 수 있다면 결코 불가능한 것도 아니라는 자신감이 있었다.

'블랙 베스니까! 저 자미엘을 죽이기에 충분한 자격이 있는 무기니까—.'

가능할 줄 알았는데?

이제 이하는 고개를 돌려 볼 수도 없었다.

이미 유저들의 퇴각은 시작됐을 것이다. 시간을 끌던 정예 멤버들도 하나둘 공간 이동을 사용해 빠져나갔을 확률이 높다.

그렇다면?

만약 카일이 〈녹아드는 숨결〉 이상의 '눈'이 있다면…….

'나는 벌거벗고 서 있는 격이다.'

아무리 엎드려쏴 자세로 있다 한들 카일이 자신을 못 볼 리는 없다.

〈녹아드는 숨결〉이 간파당하느냐, 당하지 않느냐의 차이일 뿐 단순히 '카모플라쥬' 전후 수준의 은신을 못 알아챌 카일이 아니다.

이하는 다급해진 마음으로 눈의 배율을 낮췄다.

혹시 자신이 놓친 게 있는 것은 아닐까.

카일이 숲속 깊은 자리에 있는 게 아니라, 발포하며 앞으로 걸어 나오진 않았을까.

자신처럼 엎드려쏴 자세로 포복을 하며 기어 오고 있지는 않을까.

당연히 그럴 리는 없었다.

애당초 그렇게 움직이고 있었다면 〈꿰뚫어 보는 눈〉에 잡히지 않았을 리가 없으니까.

'〈꿰뚫어 보는 눈〉으로 볼 수 없는 수준의 은신을 하고 있다면 가능하겠지. 하지만…… 그건 말도 안 돼. 그래, 말도 안 된다. 최초 피격자가 누구였는지를 생각한다면 말도 안 돼.'

카일이 은신했을 가능성은 없다.

〈꿰뚫어 보는 눈〉에 걸리지 않을 정도의 은신이 있었다면 뭣 하러 루비니를 썼을까.

치요와 카일이 노린 것은 카일의 위치 정보를 노출시키지 않기 위함이었을 가능성이 높다.

반대로 생각하면, 답은 간단했다.

'루비니만 없으면 그 어떤 유저도 자신들을 발견할 수 없을 거라 생각한 거야.'

하이하가 오든 루거나 키드가 날뛰든 보배가 나오든 치요와 카일은 그들에게 신경 쓰지 않아도 된다는 의미다.

일반적인 '눈'으로는 볼 수 있는 사정거리가 아니니까.

그들의 작전을 깨닫는 순간 이하는 소름이 돋았다.

지금 자신이 이곳에 있다는 것 자체가 이미 '틀린 작전'이라는 걸 인정해야 했지만, 그 와중에도 위화감은 느껴지고 있었다.

눈의 배율을 다시금 높이며 주변을 살피던 이하에게 보인 것.

그것은 카일이나 치요, 마왕군 소속 유저나 몬스터 따위는 아니었다. 조금 전과 거의 다를 바 없는 숲의 모습 그대로였다.

그러나 한 가지 바뀐 점이 있었다.

'없어졌어.'

있던 것들이 없어졌다는 점.

알을 품던 새가 날아가고, 여우가 사라지고, 토끼가 굴을 파 들어가 버렸다.

동물들이 없었던, 카일이 마지막으로 공격했을 듯한 자리에서 800m 이상 떨어진 곳의 짐승들이 전부 사라졌다? 그 의미가 무엇인가.

'움직이면서…… 쏘고 있다고?'

카일은 자리 이동까지 하며 자신의 위치를 감추고 있다는 뜻이다.

[그럼 객관적으로 말씀해 주세요.]

[응? 뭘?]

[선배님의 아드님……과 비교했을 때, 저는 어떤가요?]

이하는 불현듯 엘리자베스와의 대화가 떠올랐다.

카일을 마침내 적의 손아귀에서 구출해 냈을 때, 이하는 그녀에게 물은 적이 있었다.

자신이 강한가, 카일이 강한가. 엘리자베스는 답했다.

[네가 이길 거야.]

[어? 네? 정말요?]

어쩌면 지금까지 카일을 상대하는 데 가장 큰 기반이 되었던 정보라고 할 수 있는 게 바로 그때의 대화였다. 놀란 이하의 물음에, 미소를 지으며 그녀는 한마디 덧붙였다.

[응, 단순 저격전이라면 카일이 이기겠지만, 온갖 변수가 많은 전투가 될 가능성이 높을 것이고……. 우리 아들은 아직 그런 전투에는 익숙지 않거든.]

이하는 마른침을 삼켰다.

'그래, 분명 그때만 해도 카일은 전투에 익숙하지 않았었어. 하지만 지금은 나아졌다는 이야기인가.'

더 이상 그때의 정보로 카일을 판단하는 것은 무의미한 일이다.

그럼에도 받아들일 수 없는 사실은 분명히 있었다.

'아니, 아무리 산전수전을 겪었다 한들 단순 전투의 경험과 '저격'의 경험은 아예 다른 이야기일 텐데…….'

물론 자신이 이상하다고 말한들 소용없는 일이었다.

이미 카일은 이하가 알고 있는 가장 노련한 저격수의 실력을 보이고 있었으니까.

그 시점에서 이하가 선택할 수 있는 일은 하나였다.

이하는 조용히 수정구를 발동시켰다.

카일을 쏠 수는 있을지 모르지만 그를 찾을 수조차 없는 전투였다는 걸 인정하는, 패배의 퇴각이었다.

그들은 약속이나 한 듯 〈신성 연합〉의 요새에 위치한 널따란 회의장에 모여 있었다. 모여 있는 것은 오직 유저들뿐으로, 평소와 달리 작전 참모와 같은 NPC들은 참석하지 않은 자리였다.

에윈 또한 NPC였으므로, HP의 회복 여부와 다르게 적용되는 '부상'의 일환으로 작은 골절을 진단받고 휴식 중이었다.

그리고 그들의 표정은 대부분 같았다.

"보이지도…… 않았다고요? 하이하 씨에게?"

"형보다 더 멀리서 쏠 수 있다는 뜻이야? 아니, 헐? 토, 토온의 방패를 들고 제대로 막았는데도 HP가 13%씩 날아갔단 말이야! 이게 물리 타격을 얼마나 많이 감소시키는데……."

"키— 키킷. 당분간 또 개사기 몬스터 때문에 발이 묶이게 생겼군."

보배와 기정 그리고 비예미는 이하가 경험하고 온 것을 간략하게 정리했다.

"맞아요. 그가 처리되지 않는 이상…… 시티 페클로의 대규모 정벌은 불가능할 거예요."

라파엘라라고 표정이 좋을 리 없었다.

기정이 말한 것처럼 웬만한 배리어나 쉴드를 한 발에 파고들어 시전자를 죽이는 능력이 있는 데다, 범위 공격으로 전환까지 가능하다는 걸 확인하지 않았는가.

라파엘라 자신이 온 힘을 다해도 몇 발 막아 내지 못할 지경이었다.

이번에 죽었던 유저들이 다시 돌아온다 해도, 카일이 처리되었다는 게 확인되지 않는 이상 참전하지 않을 것이다.

"그럼, 결국 또 랭커들끼리 모여서 침투전을 해야 한다는 거예요? 몰래몰래 숨어들어 가서—."

"그것도 불가능하죠."

기정의 말을 들으며 라르크가 인상을 찌푸렸다. 그의 곁에 있는 신나라와 람화연도 마찬가지였다.

그들의 머릿속에서 시티 페클로를 점령하기 위한 수십 개의 아이디어가 순식간에 시뮬레이션 되었지만 그 어떤 것도 성공하지 못했다.

"왜요? 이하 형이 못 이겼다지만— 카일 그것도 어쨌든 모든 전선을 커버할 수 있는 것도 아니고—."

"킷킷, 길마 님은 이럴 때 꼭 엉뚱한 소리를 하신다니까. 카일이 모든 전선을 커버할 필요가 없죠."

"—응? 아, 아아!?"

"웅아? 키키킷!"

"아뇨! 똥 말고!"

가라앉은 분위기를 띄워 보려 비예미가 기정을 데리고 뜬금없는 콩트를 보였으나 웃는 유저는 없었다.

이번 목표는 '신대륙 동부 진격'이 아니다. 전선을 길게 늘어뜨리고 간다? 그게 무슨 의미가 있는가.

　'결국 적이 지켜야 할 포인트는 단 하나.'

　'신대륙 동부와 시티 페클로 인근 간 최단 이동 루트를 설정해 놓고—'

　'두 군데를 패트롤Patrol하며…… 주요 포인트만 순찰하면 돼.'

　나머지 동부는 안 지켜도 된다.

　그들이 지켜야 할 의무도 없다.

　"그럼 으음, 동부가 좀 넓긴 하지만 이 잡듯이 뒤지는 거는요?"

　기정이 겨우겨우 아이디어를 짜내 보았으나 그 의견도 기각되는 분위기였다.

　마왕의 조각들이 어디로 숨어들어 가서 마의 파편을 깨우고 있는지는 아무도 모른다.

　〈신성 연합〉은 물론이고 에즈웬의 교황마저 염려하는 부분이 바로 그것이었다.

　"굳이 교황의 전언이 아니더라도…… 단순하게 생각하면 미들 어스라는 게임은 언제나 스텝 바이 스텝이었으니까요. 시티 페클로를 점령하지 않고선 마왕의 조각들을 찾을 수 없게 세팅해 놨을 거예요."

　"하아아, 이럴 땐 너무 빡센 게임이라 싫다니까."

아무렴 미들 어스의 시스템이 그것을 그냥 두고 볼 리는 없다.

자신만만하게 나섰다가 입이 열 개라도 할 말이 없을 정도로 성과 없이 후퇴한 이하는 그들의 이야기를 들으며 조용히 앉아 있었다.

그렇다고 다른 유저들이 이하를 타박하는 건 아니었다. 다만 이하가 떳떳하지 못한 건 두 사람의 눈초리 때문이었다.

"네놈도 봤겠지."

"으, 응?"

이하가 주저하자 루거는 버럭 소리쳤다.

"얼빵한 대답 말고!"

다른 유저들은 카일이라는 벽을 뚫기 위한 방법에 집중하고 있었다.

그러나 키드와 루거는 접근 방법부터 달랐다. 카일을 당장 뚫을 생각을 해야 하는 게 아니다.

"그 새끼는 언데드 브라운이 보였을 법한 포탄을 썼다. 언데드 브라운이야 애초에 생명체라고 볼 수도 없었으니 그렇다고 쳐도, 카일이 그럴 수 있을 것 같나?"

지금 필요한 것은 카일에 대한 분석이었다.

루거의 말을 들으며 이하의 눈썹이 꿈틀거렸다. 그는 어쨌든 '총'을 쏜다.

루거가 언제나 시티 가즈아에 들르는 이유가 무엇인가.

[신화급] 총기를 사용한다 해도, 무제한적으로 '포탄' 형태의 탄환을 쏠 수는 없기 때문이다.

　그렇다면 그는 어떻게 탄환을 수급할 수 있었을까. 치요와 손을 잡았으니 시노비구미의 유저들이 조달해 줬을까?

　"[속사]가 있었습니다."

　"속사?"

　"하이하 당신은 못 봤을지도 모릅니다. 그러나 브라운과 같은 폭발이 시작될 무렵부터, 갑작스레 여러 곳의 유저들이 죽어 나가기 시작했습니다."

　"……속사를 썼다고? 키드 당신처럼―."

　"아, 맞아! 맞아! 에즈웬 유저 같았는데, 추정 레벨 260 정도의 유저가 쓴 배리어가 4발 연속으로 피격되더니 깨지는 걸 봤어요."

　키드의 말에 라파엘라가 힘을 실어 주었다.

　〈녹아드는 숨결〉 때문에 아무런 소리도 들을 수 없었지만 실제로 이하가 포복으로 기어가고 있을 무렵, 유저들에게 가해진 공격은 한 종류가 아니었다.

　"[명중], [속사], [관통]을 모두 사용하고 있다는 뜻이다. 게다가 하이하 네놈의 말대로라면……."

　"카일은 우리 이상의 전투 경험을 갖고 있다는 의미입니다. 그것도 단순한 전투 경험이 아니라, 세 종류의 특성을 모두 최대한으로 살릴 수 있는 경험입니다."

두 사람은 동시에 이하를 압박했다.

이하의 안면 근육이 움찔거렸다.

"누가 그걸 모르냐고. 내가 직접 보고 왔는데! 어떻게 그럴 수 있는지—."

"모르겠습니까?"

키드가 물었다.

루거는 콧바람을 크게 내뿜으며 고개를 돌렸다.

두 사람은 이미 눈치채고 있었다. 다만 그것을 이하가 먼저 말하지 않아 답답함을 느끼고 있었을 뿐!

이하는 두 사람의 표정을 보다 문득 다른 생각이 들었다.

—큭큭……. 각인자여, 그 나약한 인간이 누구와 함께 있는지 기억나지 않는가.—

"자미엘……."

마탄의 사수를 마탄의 사수로 만들어 주는 존재, 자미엘.

태고적부터 마가 마의 파편으로 분리될 시절부터 만들어진 개념체가 있다.

"그는 이미 자미엘에게 '먹혀 가고' 있었습니다."

"그게 얼마나 진행됐는지는 모르겠지만, 만약 지식이나 경험을 공유할 수 있는 수준까지 올랐다고 치면, 제기랄!"

마침내 이하도 키드와 루거의 말을 이해할 수 있었다.

어째서 카일은 갑자기 최고 수준의 저격수와 유사한 움직임과 전략을 보일 수 있게 되었나.

"[역대 마탄의 사수]의 모든 경험과 스킬을 체득했구나……."

그는 더 이상 자신이 다루지 못하는 총기에 휘둘리는 소년 티를 갓 벗어난 존재가 아니다.

자미엘과 함께했던 모든 마탄의 사수들이 겪었던 전투 경험을 그는 받아들일 수 있게 되었을 테니까.

"그게 가장 타당합니다. 도대체 얼마나 많은 경험이 누적되었을지, 얼마나 많은 스킬을 확보하게 되었을지 알 수 없는 수준에서 우리가 생각해 볼 방법은 하나뿐입니다."

"키드 씨? 그게 뭐죠?"

라르크가 키드를 향해 물었다.

키드는 자신의 허리춤을 톡톡 건드린 후 루거가 의자 옆에 세워 놓은 코발트블루 파이톤을 가리켰다.

"총?"

유저들이 고개를 갸웃거렸지만 키드는 추가 설명을 붙이지 않았다.

"나랑 이 자식은 끝냈지만, 하이하 저 머저리는 아직 못 끝낸 일이 있지. 혹시나 했지만 역시나였어."

"아마 하이하 당신이 카일을 볼 수 없는 것은 그 이유라고 생각합니다."

다만 루거와 함께 이하가 당장 해야 할 일에 대해 언급할 따름이었다.

"당신이 진정한 [명중]이 되어야 합니다."

키드와 루거의 말을 들으며 이하의 표정은 어느새 바뀌어 있었다.

엘리자베스를 사살하고 진정한 명중이 되지 않는 한, 이하는 계속해서 카일을 볼 수 없을 것이다.

결과적으로 두 개의 큰 방향이 잡히는 것으로 랭커 유저들의 간략 회의는 종료되었다.

첫 번째는 역시나 이하가 엘리자베스를 사살한 이후, 카일을 상대하는 것.

카일이라는 막강한 벽이 존재하는 이상 시티 페클로의 접근은 불가능하다고 보는 게 맞다.

그러나 정말 불가능한 것인가. 1%의 가능성을 찾아볼 수는 없는 것일까.

"하이하 씨가 최대한 빨리 해 주는 게 좋겠지만……."

"역시 소수의 침투 병력을 짜야겠죠. 시간이 기다려 주는 게 아니니까요."

"그럼요, 그럼요."

당연히 그 점에 집중한 유저들이 있었다.

라르크와 신나라의 주도하에 〈신성 연합〉에서 소수의 게릴라 병력을 조직하는 것이 바로 두 번째 방법이었다.

그 안건에 대해서는 이하도 찬성이었다.

카일은 역대 마탄의 사수들의 스킬을 모조리 지니고 있을 것이다. 그러나 전지전능한 것은 아니다.

얼마나 많은 수의 스킬을 사용할 수 있는지는 알 수 없지만, 중요한 것은 그게 아니었다.

"아무리 스킬이 많아도 반드시 틈은 있을 거예요. 여기 있는 분들은 다 아시겠지만— 제가 겪어 보니 어떤 스킬을, 언제 써야 하는가도 보통의 판단력을 필요로 하는 게 아니거든요."

이하는 무려 10만 마리의 마왕군 몬스터를 죽였다.

상당한 수의 스킬이 겹쳐지며 순번만 붙기도 했지만, 그럼에도 이하가 확보한 스킬은 셀 수 없을 정도로 많다.

설명을 봐도 도대체 어떻게 활용해야 할지 감도 안 잡히는 기술부터, 오히려 막강한 공격력을 자랑하는 이하에게 있어선 별다른 도움도 안 될 것 같은 공격 보조 스킬까지.

'똑똑한 AI라지만 무적은 아닐 테니까. 미들 어스라는 게임에서 공략 포인트는 의외성을 기준으로 발견될 때가 많지.'

선택지가 많으면 많을수록 좋지만 일정 수를 넘어간다면 그것은 결정권자를 헷갈리게 만들고 당연히 부족의 효과가 날 수밖에 없다는 건 이하 자신도 체감하고 있었다.

"하! 여기서는 '목숨을 걸어서라도 3일 안에 엘리자베스를 죽이고 오겠다'고 해야 하는 거 아닌가? 사내새끼가 배알도 없이―."

"하지만 맞는 말이기도 합니다. 미들 어스의 모든 유저들이 하이하에게만 의지해선 안 됩니다."

루거와 키드의 말을 들으며 이하는 약간 울컥한 것도 사실이었다.

하지만 틀린 말이 아닌 이상 감정만으로 화를 낼 수는 없었다.

실제로 마왕 부활까지는 100일이 채 남지 않았으므로, 그야말로 시급을 다투는 일이지 않은가.

그렇게 유저들은 제각기 새로운 방법 또는 수련을 하기 위해 흩어졌고, 이하는 샤즈라시안 연방에 가기 전 보급과 밀린 업무 처리를 위하여 시티 가즈아에 잠시 들른 상태였다.

"빨리 걸어라. 시간이 아깝다는 걸 모르나?"

"알고 있고 지금보다 더 빨리 걸으면 서류를 읽을 수도 없으니 보채지 좀 마. 무슨 며느리 잡는 시어머니처럼 다그치고……."

"다그치는 이야기를 듣기 싫다면 더 빨리 걸어야 할 겁니다."

그리고 그런 이하의 뒤를 루거와 키드가 쫓고 있었다.

두 사람은 다른 곳으로 떠나지 않았다.

그들이 단순 보급을 위해 시티 가즈아에 들른 게 아니었다.

'이 인간들 설마…….'

새로운 전투 방향을 찾거나, 자신들의 스킬 숙련도 향상을 위한 노력을 따로 하지 않겠다는 의미일까.

　그렇게 된다면 당연히 루거와 키드의 행선지는 하나로 좁혀질 수밖에 없다.

　이하는 발을 멈추고 슬쩍 뒤를 돌아보았다.

　적당히 떨어진 거리에서 루거와 키드도 발을 멈춘 채 이하를 바라보고 있었다.

　"나 따라오려고? 샤즈라시안까지?"

　"하, 네놈한테 맡겨 두었다가 일이 어떻게 될 줄 알고? 너를 믿느니 든든하게 내가 붙어 가는 게 낫지."

　"뭐? 아니, 아까부터 계속 한 가지 사실을 못 짚는 것 같은데! 루거, 당신이 브라운을 처리할 수 있었던 건 내가 '눈'이 되어 줬기 때문이잖아! 안 그래?"

　"그, 그건― 크흠. 이제 와 말하는 거지만 사실 나도 계산할 수 있었다."

　이하는 루거의 뻔뻔한 표정을 보며 잠시 할 말을 잃었다.

　100m가 넘는 오차 거리에다 포격을 할 수 있었던 게 누구 덕분인데 감히 이런 소리를 할 수 있을까.

　그 후로도 목에 핏대까지 세워 가며 루거와 이하는 몇 마디를 서로 주고받았다.

　"큭큭."

　그런 장면을 보며 키드가 웃었다.

웬만해서 웃는 모습을 보이지 않는 삼총사 중 한 명이 바로 키드였기에, 이하와 루거는 싸우는 것조차 멈추고 키드를 돌아봐야만 했다.

"으, 응? 키드 당신이 웃는 걸—."

"뭐. 우습냐, 키드? 그래, 네 녀석은 소장과 정정당당하게 승부를 냈다고 말하고 싶겠지. 하지만 그것도 네 녀석 혼자는 아니었어!"

이하는 순수하게 무엇이 우습냐고 물으려 했건만 루거는 지레짐작으로 키드의 이유를 짚어 주었다.

키드는 짧게 끊어지는 웃음을 몇 초간 지속한 후에야 고개를 들었다.

"안 그러냐? 설마 나의 포격이나, 그 공간쟁이의 결계 같은 수훈을 무시하진 않겠지? 하이하 자식은 그때에도 한 일이 없긴 하지만— 너는 1:1로 소장을 이긴 게—."

"아닙니다."

"—아닌 게 아니지! 아니, 잠깐. 아닌 게 아니지가 아니라……. 아니지! 음? 아니라고? 지금 인정한 건가?"

키드의 공적을 깎아내리려는(?) 루거의 심술에도 키드는 곧장 고개를 끄덕였다.

너무나 당돌하게 1:1로 소장을 이긴 게 아니라는 키드의 말은 루거와 이하 모두 고개를 갸웃거리게 만들었다.

두 사람이 말이 없어지고 난 후에야 키드는 호흡을 가다듬었다. 그의 눈빛은 이미 변해 있었다.

"루거, 당신은 단순히 하이하에게 빚을 졌다거나, 빚을 지우기 위해 따라온 게 아닐 겁니다."

"그렇겠지. 이 인간은 그냥 나 놀리려고 따라온 거라니까."

"그것도 아닙니다. 루거는 알고 있는 겁니다. 아니, 하이하 당신이 애초에 말하지 않았습니까."

"내가? 뭘?"

"우리의 스승은 우리가 1:1로 이길 수 있는 상대가 아니라고 말입니다."

브로우리스를 아직 처치하기 전, 이하는 루거 키드와 함께 셋이서 힘을 합해야 한다고 말한 적이 있다.

물론 예상보다 더 뛰어난 그들의 능력 때문에 더 많은 유저들이 힘을 합쳤으나, 어쨌든 삼총사 중 2인 이상의 힘이 투입된 것은 사실이었다.

브로우리스 때에는 3인, 브라운 때에는 2인.

"하이하 홀로는 엘리자베스를 이길 수 없을 거라 느꼈기 때문에 따라가는 것 아닙니까, 루거."

"쳇. 몰라, 그딴 거. 하지만 이 얼간이 혼자서 가능할 리 없다는 건 알고 있지."

루거는 투덜거리며 답했다.

그는 이하가 홀로 엘리자베스를 죽일 수 없을 거라 본능적으로 알았기 때문에 그의 뒤를 따라가려 했던 것이다.

그 시점에서 이하는 의문이 들었다.

"자, 잠깐. 뭐, 나에 대한 얘기는 잠시 제쳐 두고. 키드, 당신은? 어쨌든 우리가 판을 깔아 주는 데 일조하긴 했지만 어쨌든 1:1 승부를 봤었잖아!"

브로우리스 때 3인이 모두 투입되기는 했었다.

그러나 그걸 3명의 힘을 전부 발휘했다고 보기에는 어렵지 않은가.

이하는 사실상 구경만 했고, 루거는 피해도 주지 못한 광범위 포격 몇 번이 전부였다.

그 외의 유저들 또한 브로우리스에게 실질 데미지를 입혔다고 보긴 힘들다.

"……너, 그래서 아까 '아니'라고 답했군. 뭔가 있었나."

루거의 눈초리가 가늘어졌다.

조금 전 키드의 공적을 헐뜯으며 놀렸을 때, 그가 순순히 인정한 이유가 따로 있다는 의미이기도 했다.

"브라운은 키메라의 형태였지만 엘리자베스는 언데드의 형태, 아마 소장님의 형태와 가까울 겁니다."

키드는 조용히 답했다.

루거는 사실상 이하가 걱정되어 쫓아왔다. 키드는?

그가 이하를 따라온 이유는 간단했다.

"그렇다면 소장님처럼……. 스스로의 머리를 쏘는 게 가능할지도 모릅니다."

자신이 겪었던 일을 말해 주기 위해서였다.

이하와 루거는 잠시 아무 말도 할 수 없었다.

키드가 한 말을 이해할 수 있었기에 오히려 말이 없을 수밖에 없다.

브로우리스는 언데드 속성으로 되살아난 몬스터다. 마왕의 조각에게 완벽하게 통제당한 상태였으므로 퓌비엘의 세자까지 암살했고 또한 삼총사 자신들을 죽이려 하지 않았던가.

그런 그가 스스로 머리를 쐈다고?

자살하는 게 가능하단 말인가?

만약 가능했으면 처음부터 했을 것이다. 그렇다면 왜 갑자기 그런 일을 했을까.

키드는 조용히 이동했다.

이하와 루거는 홀린 듯 그의 뒤를 따랐다. 여전히 투덜거리는 보틀넥에게 인사를 하는 둥 마는 둥 한 후, 세 사람은 대장간 안에 있는 탁자에 자연스레 착석했다.

그리고 그는 그곳에서 자신이 겪었던 일들을 말해 주었다.

〈홀덤〉 스킬을 사용하고 그 안에서 브로우리스와 무슨 이야기를 했으며, 어떤 행동을 했는지까지.

완벽하게 재현된 수준은 아니었으나 그가 어떤 주제를 주로 다뤘는지는 충분히 알 수 있는 부분이었다.

그 무렵 시티 페클로에서도 다른 회합이 진행 중이었다.

살아남은 마왕군 소속 유저들은 시티 페클로 안을 돌아다니는 두 명의 낯선 자들을 보면서 꼼짝도 할 수 없었다.

"과연……. 이런 식이라 애당초 접근이 불가능할 수밖에 없었겠군요."

치요는 시티 페클로 내부를 살피며 웃었다. 과거 이하가 찾았던 '불완전한 시티 페클로'와는 격이 다르다.

단순히 동굴 따위를 활용해 이동하는 게 아니라, 완벽하게 지하에 독립되어 버린 마기의 성채.

심지어 그 면적에 대해선 치요라도 쉬이 추측하기 힘들 정도였다.

"피로트-코크리의 장난인가."

"네?"

"아니, 아무것도. 그보다 너의 추측 하나가 틀린 것은 어떻게 생각하고 있지."

치요보다 앞서 걷고 있는 것은 카일이었다.

여전히 절반씩의 얼굴을 나눠 가진 '카일=자미엘'의 목소리는 한없이 음울하게 퍼졌다.

"그건 죄송하게 됐습니다. 설마 삼총사 세 사람이 모여 있는데도 퇴각하리라고는……."

"블랙 베스와 코발트블루 파이톤 그리고 크림슨 게코즈까지 있으면서도 도망갔다는 뜻이지. 큭큭. 놈들의 목소리가 훤히 들리는 것 같아 기분은 좋지만……."

치요는 마구잡이로 정보를 흘려 대는 카일을 볼 때마다 조마조마했으나, 다행히 지금은 그들의 대화를 들을 수 없을 정도로 유저들이 멀리 떨어져 있었다.

그러나 행동을 볼 수 없을 정도는 아니고, 대화는 들리지 않아도 치요의 행동을 보며 마왕군 유저들은 술렁일 수밖에 없었다.

"거의 허리를 반으로 접는데?"

"치요, 저 여자가 떠받들 정도의 인물이란 말이야?"

"병신, 아까 못 봤어? 치요 님이 몸소 보여 주셨잖아. 그 수정구에 비친 공격은— 아니, 공격했는지조차 알 수 없는 그건 정말이지……."

치요가 카일에게 극진한 예우를 갖추는 점에 대해서 의문을 가질 수밖에 없으나, 동시에 저 정도 예우는 갖춰야 하는 실력을 그들은 모두 보았다.

무희의 직업 스킬 중 하나인 〈천리안〉을 통해 보였던 카일의 압도적인 힘.

일기당천 수준이 아니다. 도대체 그 혼자서 감당해 낸 〈신성 연합〉의 군세가 몇만이나 되는가.

그는 사실상 혼자만의 힘으로 마왕군 전체를 구해 낸 것이

마탑의
사수

나 다름없다.

그 장면을 본 것은 마왕군 유저들뿐만이 아니었다.

현재 마왕군 소속 최고 유저라고 할 수 있는 길드 시날로아와 로스 세타스의 길드 마스터들이 치요와 카일을 환대하면서도 뻣뻣하게 굳은 이유가 바로 그것이었으니까.

"어서 오십시오, 치요 님. 그리고……."

메데인은 카일을 물끄러미 바라보았다. 그들은 아직까지 '그'의 이름은 듣지 못한 상태였다.

마탄의 사수님, 이라는 호칭보다는 이름을 부르며 친근감을 높여 보고자 하는 그의 속셈을 치요가 모를 리 없었다.

카일은 먼저 자신의 이름을 밝히지 않았고 치요 또한 그의 이름을 알려 주지 않는 잠시간의 침묵. 그 어색한 시간 사이 칼리가 나서며 영업용 미소를 지어 보였다.

"처음부터 능력을 의심할 여지는 없었습니다만, 가히 대단하신 활약이셨습니다. 치요 님의 '정보력'이라면 익히 들어 알고 있었지만……. 이제 그 정보력을 뒷받침해 줄 완벽한 무력까지 얻으셨으니―."

"천군만마를 얻은 셈이시겠지요. 하물며 마탄의 사수님에 비하면 큰 도움은 되지 않을지 몰라도 저희가 있지 않습니까."

칼리가 말하는 사이 정신을 차린 메데인이 그의 말에 덧붙였다.

치요는 여전히 별다른 답변도 않은 채 고개만 가벼이 끄덕였다.

이런 상황에서는 '협조해 줘서 고맙다'라거나, '앞으로는 어떻게 하겠다' 따위의 말을 먼저해서는 안 된다.

완벽한 기선 제압.

이미 전력 차를 느낀 저들이 숙이고 들어오는 이 타이밍에 그들을 완전히 제압하고 마왕군 소속이며 동시에 자신의 휘하로 만들기 위해서 어떤 일을 해야 하는지 치요는 완벽하게 알고 있었다.

"별말씀을요. 그리고 저희가 크게 활약한 것도 아닌데요."

"아니, 그렇게 겸손하지 않으셔도 됩니다. 〈신성 연합〉의 랭커는 물론이고 에원마저 그렇게 당한 이상, 당분간 움직일 생각도 하지 못하겠지요."

"물론입죠. 게다가 여기, 크흠, 마탄의 사수님께서……. 이곳, 시티 페클로를 지켜 주신다고 하지 않았습니까. 이거야 원! 파우스트가 돌아와도 설 자리나 있는지 모르겠군요!"

마왕군 최고위 유저는 파우스트다.

로그인 제한이 풀리고 그가 복귀한다면 현재 메데인과 칼리에게 주어진 모든 권한은 다시금 파우스트에게 귀속될 것이다.

"후훗, 하지만 정말이에요. 그들은 시티 페클로를 반드시 노릴 것이고…… 어쩌면 우리가 시티 페클로를 내어 줘야 할 일이 생길지도 모르죠. 삐뜨르가 이곳에 들어와 파우스트를 죽인 것처럼, 아무리 막으려 해도 몇몇의 인사들은 자신만의 방법이 있을 테니까요."

"그, 그런—."

"하지만…… 반대로 생각하자면……? 우후훗."

치요는 재빨리 말을 끊으며 말했다.

"반대로?"

두 사람은 눈알을 굴렸다.

'루거나 키드는 대응조차 할 수 없을 정도의 힘을 지닌 NPC가 있는데—.'

'뚫고 온다고? 미친 소리지. NPC의 피로도만 적절히 조절해 주면 절대 뚫릴 리 없다.'

'전체 전선을 지키는 게 아니야. 시티 페클로 앞에서 은신하고 대기만 해도 절대 이곳까지 침입하는 자는 없을 거야.'

겨우 한 번 본 자신들도 카일의 위력에 대해 충분히 실감하고 있다.

그걸 치요가 모른다고? 말도 안 된다.

그럼에도 치요가 저런 말을 하는 이유가 뭘까? 마치 시티 페클로에 침입자가 '반드시' 나타날 것처럼 말하고 있지 않은가.

그들은 귓속말도 하지 않았지만 비슷한 생각을 하고 있었다.

치요가 자신들의 약점을 쥐고, 카일이 그것을 수행할 능력을 증명했을 시점의 일을…….

결국 그들은 쩍 벌린 입을 감추지도 못한 채 치요의 손을 붙잡을 수밖에 없었다.

그때를 생각한다면, 현재의 치요가 원하는 건 결국 하나뿐이었다.

'마왕군이 되었든 치요가 되었든 어느 한 쪽을…….'

'배신하란 말이군. 자신에게 붙으라는 뜻이야.'

이 경우라면 두말할 것도 없다.

치요는 자신들이 그녀를 버리지 못할 것을 알고, 파우스트를 배신하라 말하고 있었다.

즉 시티 페클로를 버리라는 말이 된다.

그러나 버릴 수 있는 것인가?

마기를 주입받아 마왕군 소속이 된 자신들이다. 이후로 어떤 취급을 받게 될지 예상하기 어렵다.

치요는 그런 그들을 보며 웃었다.

메데인과 칼리가 무슨 생각을 하는지 읽지 못할 그녀가 아니었다.

"너무 거창하게 생각하지 않아도 돼요."

"크흠."

두 사람은 동시에 헛기침을 했다.

악명으로 이름 높은 두 길드의 장들이었지만 그들 또한 이러한 '수 싸움'에서 치요를 쉽게 이길 수는 없었다.

마탑의
사수

"어떤 선택을 하든 어차피 제 작전을 따라 주셔야 할 테니까."

마치 모든 것을 알고 있다는 듯 행동하는 그녀는 정말로 알고 있을까?

어디까지 진실이고 어디서부터 거짓인가. 메데인과 칼리는 타고난 후각과 우수한 두뇌로 치요를 읽어 내려 했으나 역시나 쉽지는 않은 일이었다.

"당장 결정은 할 수 없겠지만……."

"그래도 들어는 봐야겠군요."

결국 그녀가 어떤 생각을 하는지 알아야 한다. 그녀의 말을 들어 봐야 한다.

치요는 조금 전보다 더욱 환한 미소로 그들을 향해 웃어 주었다.

그녀와 둘의 결정적인 차이는 하나뿐이었다.

치요가 그들에 비해 알고 있는 것은 하나.

"그럼, 자리를 옮기실까요?"

나비들이 거미줄에 호기심을 가져 봐야 거미에게 먹힐 뿐이라는 점이다.

"큭큭큭……."

카일이 웃었다.

Geschoss 6.

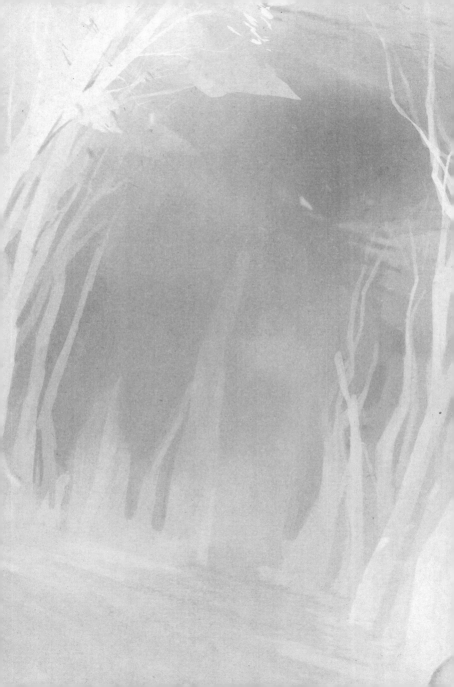

　보틀넥의 대장간에는 한동안 침묵이 감돌았다.

　한껏 심각해진 이하와 루거의 얼굴을 바라보던 키드가 입을 열었다.

　"물론 나도 정확한 방법이라 할 수는 없습니다. 다만……
엘리자베스는 대화가 통하고 생전의 기억을 고스란히 갖고
있다는 점을 활용한다면 다른 공략 방법이 나올 수도 있습니다."

　"그렇군. 브라운을 잡을 때에도 그랬지. 놈의 생전 습성을
활용해서 반격해 볼 수 있었어."

　어떤 완벽한 노하우가 나오길 기대했던 두 사람은 조금쯤
진이 빠지는 기분이었지만 키드의 말은 틀린 게 아니었다.

　실제로 루거 자신이 브라운을 집어삼키게 됐을 때에도 결

국 그런 점이 많이 활용된 게 아닌가.

"그때는 루거 당신이 헛스윙을 하는 바람에 결국 삐뜨르까지 동원해야 했지만 말이야."

"다, 닥쳐라! 알렉산더 개자식이 나서지만 않았어도 내 공격은 맞출 수 있었어."

"응, 그랬겠지. 도시가 다 터져 나가고, 블라우그룬 씨랑 컬러 드래곤까지 싹 다 죽은 다음이겠지만."

"휴우, 뭐. 어쨌든 결과론적으로 전대의 삼총사를 뛰어넘은 건 나밖에 없다는 뜻이니 내가 참아야지."

이하와 다시 한 번 투덕거리기도 잠시, 루거는 테이블에 다리를 턱 걸쳐 올려놓았다.

비어드 브라더스가 온갖 눈치를 주어도 그는 다리를 내리지 않은 채 발을 까딱거렸다.

잘난 척하는 그 얼굴에 키드가 한마디 해 주길 바랐으나, 이하에게 들려온 건 키드의 목소리가 아니었다.

"하이하?"

"음?"

이하는 휘둥그런 눈으로 보틀넥 대장간의 입구를 바라보았다.

햇빛을 등지고 선 실루엣에 보이는 것은 쫑긋한 귀.

미야우 종족 중에서 저렇게 걸걸한 목소리를 내는 사람은 이하가 알기로 한 사람밖에 없었다.

"어? 김 반장님?"

이하는 반사적으로 의자에서 일어나 부동자세를 취했다.

그 어떤 때에도 보이지 않았던 빠릿빠릿한 태도와 이하가 그를 부르는 호칭.

"반장?"

"반장님?"

루거와 키드가 그와 이하를 번갈아 보았다.

이하보다 훨씬 어려 보이고 빼어난 외모가 미들 어스의 시스템으로 보정되었다는 걸 깨닫기까지는 잠시의 시간이 필요했다.

"후하핫! 이 세끼, 한 시간 전에 어디서 털리고 왔다며? 어째 여기 짱박혀 있을 것 같더라니."

김 반장은 성큼성큼 다가와 이하와 악수를 했다. 이하는 잠시 어안이 벙벙했다.

그가 보틀넥 대장간을 찾은 건 충분히 있을 수 있는 일이다.

지금껏 이하의 '레어Lair'를 개발하는 데 많은 공을 들인 게 바로 김 반장이었으니까.

"반장님께서 어떻게……."

그러나 〈신성 연합〉의 '작전상 후퇴'를 어떻게 벌써 알 수 있는 것이지?

이야기가 퍼질 수는 있지만, 아직 신대륙에 갈 수도 없는 김 반장이 들을 만한 소식은 아니지 않은가.

하물며 시티 가즈아에 이제 막 돌아와 보급을 시작한 이하는 아직 보틀넥이나 집사 NPC에게도 말하지 않았다.

김 반장은 이하의 물음을 못 들은 척 휘파람을 불었다.

은근슬쩍 제자리에서 한 바퀴를 도는, 그가 '메고 있는' 총기에 눈이 가는 것도 당연한 일이었다.

"어?"

"……그 총—."

"볼트 액션입니까."

삼총사는 김 반장이 갖고 있는 총을 금세 알아보았다.

김 반장은 만족스런 표정으로 고개를 끄덕였다.

"짜세 좀 나오지 않냐? 캬아아, 머스킷도 재미는 있었지만 역시 손에 익은 놈을 써야지."

이하의 블랙 베스에 비하면 한없이 오래되어 보이는 외형이었지만, 그 구조는 분명 머스킷티어가 아니었다.

"어디서 구하셨어요? 아니, 대장간에서 만들 수는 있지만 판매는 할 수 없었을 텐데?"

신대륙 서부의 보노보 팔레오들이 그것을 다룬 적이 있다.

생산에 대해서는 보틀넥 대장간 또한 가능한 일이었지만, 보틀넥은 그것을 취급하지 않았다.

당연히 그것은 미들 어스의 시스템적 제재였다.

머스킷처럼 불편한 총이 아니라 누구든 5분 안에 능숙해질 수 있는, 거기에 명중률과 사거리가 향상된 후장식 볼트 액션이 대량으로 보급되어 버리면 게임 내 밸런스가 파괴될 테니까.

그런데 그것을 김 반장은 어떻게 갖고 있을까.

"흐흐, 네 덕분이라고 할 수도 있지."

"네?"

"왕실에서 지급했다. 암살 사건이 끝난 이후 왕궁도 가만히 있지는 않았던 거지."

김 반장은 이하의 옆에 의자를 갖고 와 덜컥 앉았다.

그가 말하는 '암살 사건'이라는 단어에 키드가 잠시 움찔거렸으나 그 이상 반응은 하지 않았다.

브로우리스가 날뛴 이후, 퓌비엘의 왕궁은 대대적인 방어 강화에 힘을 쏟았기 때문이다.

문제는 그러한 설명과 김 반장의 볼트 액션 총기 소유가 딱히 연결되지 않는다는 점이었다.

"근데 그걸 왜⋯⋯."

"이 세끼가! 척하면 딱! 알아들어야지? 눈치 빠른 놈이잖아, 너!"

"아, 아뇨. 대강, 으음 왕실에서 김 반장님께 무슨 일을 부탁하면서 지급했을 거라는 건 이해가 가지만―."

"흐흐, 그렇지. 그것도 보통 일이 아니야. 새롭게 창설되는 기사단에 영입 제안을 받았다."

버럭 화를 내다가도 김 반장은 곧 참을 수 없는 미소를 지으며 답해 주었다.

"기사단?"

"기사단 창설이란 말입니까."

루거와 키드도 아직까지 듣지 못한 내용이었다.

기사단이 새롭게 창설된다면 당연히 퓌비엘 왕궁과 연줄이 닿은 자신의 인맥들이 알고 있을 것이다.

하물며 왕실에서 지급을 하며 기사단 창설을 예고했을 정도라면, 일반 기사단과 달리 왕실 직속이라는 뜻이 된다. 적어도 퓌비엘 왕국에서 왕실 직속 기사단이라고 당당하게 말할 수 있는 단체는 〈세이크리드 기사단〉밖에 없지 않은가.

그 정도 급의 단체가 새로 설립되는데 어째서 아무런 내용도 들리지 않았을까.

"아, 정확히는 창설 계획 중에 있는 상태지. 마땅한 후보들을 추려서 말이야."

"그럼 반장님께서 그 기사단에 가입하는 조건으로 받으셨다는 건가요?"

그것은 아직 완전히 확정된 내용이 아니었기 때문이다.

람화연과 신나라의 귀에도 신규 기사단의 창설은 몇 번 정도 들려왔던 정보였다.

그럼에도 쉬이 납득할 수는 없었다.

현재 머스킷티어 아카데미에서 일반 유저들이 1분 동안 낑낑대며 쇠구슬과 흑색 화약을 만지작거리는 이유는, 기사단

가입 등의 행동으로도 볼트 액션을 받을 수 없기 때문이지 않은가.

여느 기사단, 심지어 〈세이크리드 기사단〉의 신규 단원으로 가입한다 해도, 그곳에서 볼트 액션 총기를 지급하진 않는다.

여전히 미소를 지우지 못하고 있던 김 반장은 가방에서 무언가를 하나 꺼내어 내밀었다.

작은 패찰에는 두 개의 총기가 X자로 교차되어 있는 부조가 그려 넣어져 있었다.

"아직 정식 명칭은 아니지만 가칭 [총사대]의 후보 중 한 명이 되었다."

"총사대?"

"설마—."

"향후 가장 큰 위협이 되는 건 마법도 아니고 총이라는 걸 퓌비엘 왕가에서 인지하기 시작했다는 뜻이기도 하지. 으하하핫! 아참, 너희 한 시간 전에 쥐어 터진 것도 거기서 새어 나온 말이다."

김 반장이 제안을 받은 기사단은 지금까지의 퓌비엘 일반 기사단과는 궤를 달리하는 단체였다는 뜻이다.

총을 우선시 하는 기사단이며 〈세이크리드 기사단〉급의 위치에 있는 데다 왕실에서 수집하는 정보를 즉시 전달받을 수 있는 신규 단체!

루거는 김 반장의 말을 들으며 인상을 찌푸렸다.

김 반장이 여전히 자랑스레 내밀고 있는 것은 확실히 퓌비엘 왕실의 보장 아이템이라는 건 알 수 있다.

그러나 왜 그곳에서 자신에게 제안을 하지 않았는가.

"그런데 어째서 이런 짐승한테 제안이 들어가고 나는 내버려 두고 있는 거지. 퓌비엘 왕궁이 나를 못 알아볼 정도로 눈먼 새끼들만 있는—."

"뭐, 이 세꺄? 짐승? 어따 대고 이 셰끼가 건방지게……. 너 몇 살이야?"

"나이가 뭐가 중요하지? 영감인 걸 자랑하고 싶나?"

"이런 핏덩어리 셰끼가 뒤질라고—."

"바, 반장님. 원래 좀 이상한 놈이에요. 참으세요. 그리고 루거·당신도 입 좀 다물어. 나한테 저격을 알려 주신 분이다."

루거의 불평이 끝나기도 전에 걸걸한 욕설이 바로 튀어나왔다.

조금 전까지 웃고 있던 미소년 미야우라고는 볼 수 없을 정도의 험악한 분위기와 함께.

이하가 뜯어말려 겨우 분위기가 가라앉은 다음에야 김 반장은 심호흡을 했다.

그가 이곳에 온 이유는 단순히 탄환 보급이 아니었다.

"이하야, 너 샤즈라시안 간다면서."

"네? 아, 네. 아마 반장님도 들으셨을지 모르겠지만 엘리자베스를 잡으러 가야 하거든요."

"그래. 잘됐네."

"잘……됐다고요?"

"나도 같이 가자. 샤즈라시안의 유명 유저들 좀 소개시켜 줘."

"네? 반장님은 어째서—."

"샤즈라시안 연방에 있는 알타그난 지역에 가서 '찰스'라는 인물을 만나라는 퀘스트를 받았거든."

김 반장은 다시금 만족스런 웃음을 보이며 이하에게 말했다.

정작 김 반장의 말에 놀란 얼굴을 한 것은 루거와 키드였다.

"알타그난의 찰스란 말입니까? 설마 그 〈총사대〉라는 기사단이……."

"자, 잠깐. 이상한데? 분명히 [삼총사]라는 타이틀은 우리가 갖고 있는 건데 어째서?"

"찰스랑 그게 무슨 상관인데?"

이하는 두 사람에게 물었다.

두 사람은 어떻게 그것도 모르냐는 얼굴로 이하를 바라보았다.

"'찰스 오브 알타그난'! 당신은 소설도 안 보는 겁니까."

"무식한 놈! 우리가 바로 삼총사The Three Musketeers인데, 찰스 오브 알타그난을 모른다고?"

"응? 뒤마의 소설 말하는 거야? 거기에 찰스가 나오나?"

그러나 이하로서는 어쩔 수 없는 노릇이었다.

"찰스 오브 알타그난 또는 아테이니언이라고도 부르겠습니다만…… 다른 말로, 당신이 알아들을 법한 이름으로 말하자면 [달타냥Charles d'Artagnan] 입니다."

아르타냥의 샤를, 알타그난의 찰스. 달타냥의 영어식 프랑스식 표기와 영어식 표기에 대해 알지 못했던 이하도 마침내 깨달을 수 있었다.

"설마 그 총사대라는 게……."

브로우리스, 브라운, 엘리자베스의 뒤를 이어 키드, 루거, 이하는 제각각 삼총사의 후예가 되었다.

그중 키드와 루거는 전대의 스승들을 뛰어넘었다고 봐도 무방한 '시험'을 통과했고 현재는 이하만 남은 상태다.

그렇다면 신규 유저들은 어떻게 해야 할까?

"역시, 아직도 모르고 있었구만! 미들 어스를 그토록 오래 해 놓고 아직 나보다 파악을 못했다니…… 어이, 젊은 친구들. 이 게임이 너희 세 사람만 '특별한' 머스킷티어로 내버려 둘 게임으로 보였단 말이냐? 크하핫!"

더 이상 브로우리스나 브라운 등이 존재도 하지 않고, 삼총사라는 특급 머스킷티어에게만 주어지는 칭호가 더 이상 계승되지 않는 상태에서 정체된다면?

그들은 게임에 흥미를 잃을 것이다.

'제기랄, 어쩐지— 머스킷 아카데미 소장 이름이 아라미스일 때부터 쎄하더라니!'

이하가 김 반장이 찾아야 할 인물, '달타냥'을 빗대어 표현한 알타그난의 찰스라는 인물과 '삼총사'라는 단어에 대해 생각하고 있을 때, 김 반장은 웃음을 뚝 그치고 세 사람을 바라보았다.

"머스킷 아카데미에선 연신 세 사람의 활약이 들려오니 나도 잘 알고 있지. 적어도 지금까지는 상당히 특별한 위치에 있고, 특별한 만큼 다른 유저들보다 손해를 보는 일도 자진해서 나선다고 생각할지 몰라. 아니, 어쩌면 영웅심에 조금 취해 있을지도 모르겠군."

결국 김 반장이 후보 중 한 사람으로 지목되어, 창설을 준비 중인 〈총사대〉라는 기사단이 어떤 의미인가.

"하지만 그게 바로 책임을 짊어진 자가 견뎌야 하는 일이다. 뭐, 힘들거든 그냥 대충대충 해도 좋아. 〈알타그난의 찰스〉를 찾는 순간, 〈총사대〉가 너희들을 대신할지도 모르니까."

미들 어스는 계속해서 진화하고 있다는 뜻이었다.

만약 '삼총사'가 더 이상 활약하지 못한다면, 그들을 대신할 또 다른 훌륭한 후보 유저들을 발굴하고 만들어 내기 위해서.

루거는 곧장 반박했다.

"마, 말도 안 되는 소리를 하는군. 단순히 이름발로만 되는

게 아니다. 애초에 삼총사의 테스트를 통과할 정도의 실력이
있어야—."

"과거에 치렀다던 그 테스트는 현재의 소장한테 다 들었다.
사실 그까짓 건 테스트라고 보기도 힘들더만. 나도 세 개 중
에 두 개쯤은 그냥 통과하겠던걸? 이햐야, 너는 내 말 무슨 뜻
인지 이해하지?"

브로우리스 소장이 [관통], [속사], [명중]의 자격이 있는지
를 확인하기 위해 시험했던 게 바로 머스킷 아카데미의 입단
시험이었다.

대부분의 유저가 시험을 치르지 않고 일반적인 길을 가겠
다고 선언했던 바로 그 테스트.

키드도 모자를 들어 올리며 김 반장을 더욱 강하게 노려보
기 시작했다.

"당신이 하이하에게 저격을 알려 준 사람이라면, 분명 [명
중]은 통과할지도 모릅니다. 하지만 다른 것에서도 자신감을
가지는 건 용납하기 어렵습니다."

브로우리스가 무시당했다는 기분을 살짝 받았기에 키드의
목소리는 평소보다 강해져 있었다.

그런 키드를 보면서도 깔끔한 미모를 자랑하는 미야우는
가볍게 고개를 끄덕였다.

"뭐, 용납하든 말든 알 바 아니지만, 어쨌든 그까짓 테스트
정도는 현재 유저들 수준에는 일도 아니라는 걸 알아 두는 게

좋을 거다."

"음? '현재 유저들 수준'이요?"

"그래. 나 말고 〈총사대〉의 후보로 지목된 머스킷티어 유저들은 '그 정도 수준'의 테스트를 모조리 다 통과할 수 있어."

이번에는 이하까지도 놀랄 수밖에 없었다.

김 반장의 실력이야 어렴히 알고 있다지만 그런 유저가 또 있단 말인가?

"무슨―."

"아니. 만약 '노 스킬', '동일 아이템'전으로 3:3 대결을 할 경우, 아마 〈총사대〉 후보 세 사람이 너희 세 사람을 이길지도 몰라. 그래도 렙 차나 스탯 차가 있으니 좀 힘들겠지만, 너희 셋이 100% 이긴다는 보장은 결코 없다는 게 내 판단이다."

심지어 뒤에 나온 말은 더욱 충격적인 발언이었다.

이하는 김 반장을 똑바로 보았다. 김 반장은 이하의 눈빛을 받으면서도 전혀 표정을 풀지 않았다.

진심 어린 그 얼굴은 결코 거짓이 아니다.

하물며 이하, 루거, 키드 세 사람의 실력을 몰라서 하는 말도 아니다.

이미 수많은 동영상으로 인해 분석된 세 사람의 전투 패턴에 대해 완벽하게 꿰고 있다는 뜻.

먼저 게임을 시작한 유저의 장점을 제외하고 '순수한 실력 싸움'으로 이끌어 낸다면, 이미 〈총사대〉라는 예비 기사단은 엄청난 인재들을 확보하고 있다는 의미였다.

김 반장의 얼굴을 보며 이하는 문득 의문을 가지게 되었다.

'원래 반장님이 성질도 급하고 욱하는 모습을 많이 보여 줬었지. 장난기도 엄청나긴 했지만……'

지금 이 자리에서 이런 말을 꺼내는 이유가 무엇일까.

그것도 카일을 전혀 당할 수가 없어 결국 후퇴하고 만, 자신들의 무력감을 느끼기에 충분한 세 사람을 앞에 두고.

김 반장은 마치 그런 이하의 생각을 읽고 있다는 듯 한숨을 내쉬며 입을 열었다.

"후우우우……. 이하야."

"네, 반장님."

그가 이곳에 온 이유는 샤즈라시안에 가기 위해서였다. 알타그난 지역의 찰스를 찾아야 한다는 퀘스트도 사실이었다.

그러나 문제는 그런 게 아니었다.

"너무 머뭇거리면 따라잡힌다. 더 이상 머뭇거리지 마라."

"네?"

이하가 얼빵한 목소리로 답하자 김 반장은 머리를 벅벅 긁었다. 미야우 종족 특유의 수인형 귀가 마구 젖혀질 정도였다.

적어도 앞으로 할 '부끄러운 발언'에 대비하기 위해서라도, 그는 이런 일을 해야 했다.

"니가 허우적대는 꼬락서니를 보고 있자니 열불이 터져서 안 되겠다고! 엘리자베스인지 나발인지는 얼른 제껴 버리고 밑에서 쫓아오는 새끼들 다 떨궈 내야 할 거 아냐, 안 그래?"

"반장님……?"

조금 전까지 삼총사를 뭉개 버릴 기세로 말을 하던 김 반장이 마침내 자신의 목적을 털어놓았다.

"엘리자베스, 그거 나랑 잡으러 가자."

총사대가 어떻단 말인가.

김 반장은 여전히 애제자 이하만을 생각하고 있었다.

'어쩌다 이렇게 된 건지, 원.'

이하는 자신의 앞에서 당당하게 걷는 미야우를 바라보며 한숨을 내쉬었다.

김 반장이 한 번 정한 일을 되돌릴 수는 없었다.

엘리자베스를 죽이는 게 아니더라도 어차피 샤즈라시안의 랭커급 유저를 그에게 소개시켜 주기 위해 어차피 같이 움직여야 하지 않는가.

문제는 이하와 함께하는 게 김 반장뿐이라는 점이었다.

'하긴, 루거나 키드가 있어 봐야 괜히 다투기만 하려나.'

의견 차이가 있긴 했다지만 그것 때문에 그들이 따라오지 않은 게 아니었다.

루거와 키드는 김 반장에게 '전력 외 통보'를 받았고, 당연히 그 즉시 반발했다.

그리고 김 반장은 그들을 몇 마디로 제압했다.

'하지만…… 역시 반장님의 솜씨는 전혀 녹슬지 않으셨다. 아니, 파병을 다녀온 이후로 훨씬 더 날카로운 실전 감각으로 바뀐 것 같아.'

저격 조교이던 시절에도 보통의 인물은 아니었지만 루거와 키드를 상대로 한 '가상 대결'에서 김 반장은 두 사람의 약점을 완벽하게 읊어 주었다.

키드는 더 이상 듣지 않겠다는 듯 모자로 자신의 얼굴을 덮었고, 루거는 닥치지 않으면 한 방 갈겨 줄 거라며 도리어 자신이 뛰쳐나갔다.

그야말로 말로 두 사람을 PK한 것과 마찬가지인 결과를 낸 셈이다.

결국 키드와 루거는 이하의 엘리자베스 사살을 도울 수 없었다.

[이 셰끼는 나랑 하면 되니까. 너희 둘은 너희 둘 대로 실력이나 좀 키워라. 자식들이 '연장자 공경'을 못 할 거면 '연장자 공격'이라도 잘해야 할 거 아냐? 낄낄. 이도저도 아닌 나부랭이들이 어딜 삼총사라고 떠들고 다니는지, 원.]

한껏 웃음을 머금고 자신들을 조롱하는 김 반장에게 복수하기 위해서라도, 자신들의 약점을 보완하고 실력을 갈고 닦을 다른 길을 찾으러 가야 했기 때문이다.

"반장님, 두 놈을 자극하려는 의도는 알겠는데 너무 심하셨습니다. 의외로 두 놈 다 여리다고요."

김 반장은 뒤를 돌아 이하를 보며 손가락을 까딱거렸다.

"여리긴 뭘 여려? 그때 대장간 밖으로 나가면서 루거 세끼가 나 꼬나보던 모습 못 봤냐? 그런 놈들은 우쭈쭈 해서 키우는 게 아니다. 하긴 생각해 보니 너도 그렇군. 하여튼 자존심은 더럽게 강한 세 놈이 딱 '삼총사'가 되다니……."

"그래도 그런 '자존심 더럽게 강한 세 놈'을 도와주시려고 하는 거잖아요?"

"도와주긴 누가. 어디 실력이나 한번 보자는 거지."

이하는 다시금 휙 고개를 돌려 버린 김 반장을 보며 미소 지었다. 그의 의도는 당연히 파악할 수 있는 것이었다.

엘리자베스를 처치하기 위해 함께 가자는 표현은 김 반장이 '심히' 신경을 써 준 것이라는 걸 잘 알고 있었기 때문이다.

'루거나 키드 앞에서 '너 혼자서는 절대 불가능하니까 내가 도와줘야지.'라고 말씀을 안 하신 것만 해도 감사해야지.'

삼총사라는 관계에 대해서도 이미 파악하고 있었기에 그는 이하의 체면을 살려 줬던 것이고, 그가 쑥스러워하며 말한 것처럼 그 모든 건 자신을 위해 한 행동이라고 볼 수 있다.

키드와 루거를 자극한 것도 별반 다르지 않을 것이다.

"퓌비엘이나 미니스는 일이 해결되기 전까지 난리도 아니었는데, 오히려 여기는 잠잠하구만? 연방이 분열되니 뭐니 하지 않았었냐?"

"잘 수습하는 사람이 있어서 비교적 괜찮았을 겁니다. 아직 갈 길이 멀다고 했지만…….."

"흐음, 그 잘 수습하는 사람이라는 게, 저쪽에서 손 흔드는 고릴라냐?"

"바, 반장님, 그런 표현은 좀—."

"고릴라 보고 고릴라라고 하지 뭐. 낄낄, 저게 소문의 그 카렐린이구만. 이하 너, 인맥 괜찮다?"

김 반장은 이하에게 장난을 치며 걸어갔다.

샤즈라시안 연방의 수도 피에타리, 그곳의 최고 권력자가 있는 곳은 레믈린 궁이다.

그러나 최고 권력자인 대통령이 부재 시인 지금은 레믈린 궁보다 그 인근에 배치된 정부 청사가 가장 뜨거운 관심을 받는 장소다.

바로 그 정부 청사의 여러 건물들 중 한 곳의 입구에 서 있던 카렐린이 이하를 향해 손을 흔들었다.

"하이하 씨!"

"카렐린 씨! 잘 계셨…… 어?"

그는 상당한 수의 자이언트들과 함께 있었다. 그는 랭커이기도 하지만 샤즈라시안 연방 소속의 관료이기도 하다.

즉, 이렇게 혼란한 시기에 업무를 처리하기 위해 많은 인원과 교류하는 것도 당연한 일이다.

그가 이하 자신과 만나는 건 그야말로 잠깐의 일일 뿐이므로, 그는 더 큰 혼란을 수습하고 샤즈라시안을 바로잡기 위해 동분서주해야 할 테니까.

그러나 그렇게 생각하더라도 이하에게 이해가 되지 않는 점이 있었다.

"이하야, 저 셰끼들이랑은 무슨 관계냐. 하나, 둘, 서이, 너이. 네 놈이네."

그것은 김 반장도 곧장 알아챌 수 있었다.

"반장님, 어떻게 아셨어요? 그것도 네 명씩이나? 저도 얼굴을 아는 건 두 명밖에 없는데—."

"파병 갔을 때 많이 봤다. 시민들 속에 숨어 있던 놈들…….아무리 착한 척을 하려 해도 눈빛에선 다 드러나는 법이지."

이하는 다시 한 번 김 반장의 실력에 감탄했다.

자신은 저들을 만나 본 적이 있기 때문에 그들에 대해 생각할 수 있었다.

심지어 알고 있는 얼굴은 고작 두 명뿐이어서, 김 반장이 네 명이라는 걸 짚어 주고 나서야 이하도 다른 두 명이 누구인지

대략 감을 잡을 수 있게 되지 않았는가.

'일반적으로 알아챌 만한 눈빛 따위를 흘릴 인간들도 아닌데…… 저 네 사람 말고는 주변의 다른 자이언트 유저나 NPC들도 아직 긴장 상태를 감지하지 못했건만…….'

그들이 현실에서 어떤 일을 하는지 공공연한 비밀로 알려진 점을 감안하자면, 김 반장의 감각은 루거의 그것과 유사하거나 그 이상이라는 의미이기도 했다.

자신의 스승이 뛰어나다는 것을 새삼 깨달았을 때 그 제자는 얼마나 행복해지는가.

이하는 김 반장 덕에 조금쯤 긴장을 풀고 말할 수 있었다.

"예전의 적입니다."

"지금은?"

"글쎄요. 아마도…… 공격은 하지 않을 거라 생각하지만요. 다시 적이 될지는 모르겠습니다."

김 반장의 짧은 물음에 이하는 답했다.

이런 판단을 내릴 수 있는 것은 그들이 카렐린의 곁에 있기 때문이었다.

"정체는?"

이하가 적대했던 것은 그들이 버린 사람이지, 그들이 아니지 않은가.

하물며 지금에 와서 카렐린과 붙었다면 당장은 공격하지 않을 것이다.

실제로 그들은 이하를 향해 적의와 경계를 뿜어 대긴 했으나 공격을 하진 않고 있었다.

마침내 두 사람의 대화가 카렐린에게 들리기 직전까지의 거리가 되었을 쯤, 이하는 조용히 그들의 정체를 읊조렸다.

"짜르. 러시아 정부 소속으로 일한다는 '공공연한 비밀'이 있는 단체입니다."

한때 이고르를 지원하던 그들이 현시점에서 '누구'를 지원하는지 이하는 알 수 있었다.

난처한 표정의 카렐린과 여전히 이하 자신을 경계하는 그들의 표정을 보면서.

카렐린은 주변에 있던 관료들과 NPC로 추정되는 자이언트들을 모두 보낸 다음에야 잠시 시간을 낼 수 있었으므로, 이하와 김 반장은 그가 어느 정도 업무를 정리할 때까지 카렐린이 지정해 준 응접실에서 시간을 보내는 중이었다.

"카렐린 씨를 밀어주기로 한 겁니까?"

한때 자신과 목숨을 겨뤘던 인물들과 함께.

응접실에는 짜르의 인물 두 명이 들어와 있었다.

응접실의 문밖을 비롯하여 복도와 정부 청사 곳곳에 순찰을 도는 자이언트 경비들이 있었음에도 그들은 기어코 이하와 김 반장을 따라 들어왔던 것이다.

"······."

"당신들 수준의 정보력이면 이고르가 어떤 포지션을 취했는지 충분히 알 수 있었을 텐데."

〈백룡 전투〉 당시 이고르의 활약이 없었다면 이하가 세웠던 무모한 작전은 실패할 가능성이 높았다.

설령 성공했다 한들 막대한 희생을 치르고 나서야 가능했을 것이다.

물론 이하는 그 일 한 번으로 이고르를 용서하거나 받아들이려 한 건 아니었다.

공과를 나눌 때에 있어 적어도 이번 일에 한해서는 그를 인정해 주자, 정도가 이하의 마음이었다.

다만 그 일을 받아들이는 NPC들은 조금 다르게 인식했을 뿐이다.

이고르의 수훈을 그 누구보다 인정한 것은 에윈이었고, 에윈은 이고르의 힘과 그가 마왕군—뱀파이어 소속으로써 겪었던 경험을 살릴 수 있을 것이라는 취지의 서한을 에즈웬의 교황에게 발송했던 것이다.

즉, 그는 한때의 배신자로 그간 이뤄 왔던 모든 친밀도와 공헌, 명성, 공적 등을 잃게 되었지만 어쨌든 구대륙에서 활동 자체는 가능해진 상태였다.

"알면서도 이제 이고르는 버린다? 하긴, 랭킹은 이고르가 더 높아도……샤즈라시안의 정세를 생각해 보자면 카렐린 씨를 밀어주는 게 올바른 판단일 수도 있겠네요. 여포와 관우 같은 느낌일까? 아, 근데 러시아에서도 삼국지 같은 거 봅니까?"

그들은 진심으로 카렐린을 밀어주려는 것일까.

그들이 원하는 목표는 무엇일까.

카렐린은 그들과 손을 잡는 것에 대해 어떻게 생각하고 있을까.

적어도 카렐린은 자신과 충분한 친분이 있다. 그렇기에 오히려 그에게 물어볼 수 없는 사항들에 대하여, 이하는 짜르의 반응을 보기 위해 이런저런 말을 찔러보고 있었다.

"우리의 일에 관여 말라, 하이하."

그리고 마침내 짜르의 인원들이 반응하기 시작했다. 이하는 어깨를 으쓱였다.

"글쎄요. 제 일에 관여했던 건 여러분들인 것 같은데, 어떻게 생각하시나?"

"그때에도 우리와 너의 싸움은 없었다."

"이고르가 한 짓이다?"

"시발이 된 건 고작 성 하나가 걸린 길드전이었다는 걸 기억하지 못하는가. 이고르가 고집을 피우지 않았다면 우리는 딱히 너를 쫓을 이유가 없었다."

캐슬 데일을 놓고 벌였던 길드 화홍과 길드 별초의 전쟁.

이하와 이고르의 악연은 그때부터 시작이었다.

이하는 그것을 인정하면서도 고개를 저었다.

"하지만 쫓았던 건 사실이지. 내가 당신들 손에 죽을 뻔한 적이 한두 번이 아닌데……. 그것도 그냥 이고르 탓으로 넘긴다?"

"하나 실제로는 우리가 죽은 적이 더 많지. 지금은 그 격차가 더 심해졌을 거라는 걸 인정한다."

"흐음?"

이하로서는 기대하지 않았던 답변이었다.

짜르는 현재 이하가 이룬 성취를 존중하고 있다는 뉘앙스로 말을 하고 있는 것이다. 거기에 덧붙인 말까지 생각한다면?

'더 이상 싸우기 싫다는 거군.'

현재 미들 어스에서 이하를 적대하는 게 그들의 일에 아무런 도움도 되지 않는다는 판단을 내렸다는 뜻이다.

그들은 이하와 김 반장이 난동을 부릴까 응접실로 따라온 게 아니었다.

"하이하, 샤즈라시안과는 큰 관계도 없는 것으로 알고 있다. 더 이상 우리의 일에 관여하지 않았으면— 아니, 향후 상호 인상 쓸 일이 없도록 노력하자는 게 우리의 제안이다."

오히려 이하에게 평화 협정 제의를 하기 위해 카렐린 몰래 자리를 만들었던 셈이다.

평소 그들의 오만하고 콧대 높은 태도를 생각해 본다면, 지금의 제안은 충분히 자세를 낮춘 것이었다.

이하는 그들의 제안을 받아들이려 했다.

애초 생각했던 것처럼 그들이 어떤 목적을 지녔는지 제대로 말해 준다면, 아무런 고민도 없이 그 손을 잡았을 것이다.

"으음, 그거야 나도 좋습니다. 당신들의 방해가 〈미드나잇 서커스〉의 광대들보다 더 질기긴 했으니까. 근데 카렐린 씨를 밀어서 뭘 하려고? 궁극적으로 당신들이…… 아니, 지금 당신이 말한 그 '제안'이라는 결정을 내린 사람이 원하는 게 뭐지?"

"미들 어스를 위함이다."

그리고 그들은 한 치의 망설임도 없이 답했다.

이하와 짜르가 대화를 하든 말든 신경도 쓰지 않던 김 반장이 그들을 슬쩍 흘긴 것은 그때였다.

물론 김 반장의 도움은 없어도 되었다.

그들의 답변에서 가장 위화감을 느낀 건 바로 이하 자신이었으니까.

"미들 어스를 위했다면 이고르가 〈신성 연합〉을 배신했을 때 곧장 빠져나왔겠죠."

그들이 지금까지 이고르를 밀어줬던 건 무슨 이유였던가.

이미 마왕군—치요의 앞잡이가 되어 버렸을 때에도 그들은 이고르의 곁을 떠나지 않았었다. 그런데 이제 와서 미들 어스를 위한다고?

오히려 미들 어스를 망치기 위해 행동했던 집단이라 봐도 무방할 정도였으면서?

이하의 추궁에도 짜르의 인원들은 얼굴색 하나 변하지 않았다. 여전히 무표정한 얼굴로 그들은 고개를 끄덕였다.

"우리는 우리의 실수를 인정했다."

"그래서 이제 바로잡아 보시겠다?"

"그렇다. 우리는 샤즈라시안 내부에서 당분간 활동할 것이다. 하이하, 네가 샤즈라시안과 관계가 없기에, 어차피 우리는 부딪칠 일이 없을 것이다."

이하는 그들을 바라보았다. 그들은 이하를 바라보지 않았다.

이하가 그들에게 해 줄 말은 한 가지뿐이었다.

"내가 샤즈라시안과 관계가 없―."

덜컥.

때마침 응접실의 문이 열렸다.

조금쯤 놀란 눈으로, 그러나 그럴 줄 알았다는 듯 표정을 짓는 카렐린을 보며 이하는 들끓을 뻔했던 마음을 가라앉혔다.

이곳에서 흥분할 필요는 없다.

짜르가 무슨 일을 꾀하든 어차피 지금 중요한 건 그게 아니었으니까.

"카렐린 씨, 이제 일은 다 보셨나요?"

"휴우, 우선 급한 일은 처리했습니다. 금방 끝날 줄 알고 말씀드린 거였는데…… 죄송합니다, 하이하 씨."

"흐흐, 괜찮습니다."

"마음 같아선 하이하 씨와 그 손님분께서 먼저 '현장'을 보시고 계셨으면 좋았을 것 같은데, 아무래도 일이 그렇지 않아서요. 가실까요?"

대통령이 암살당한 현장을 외지인이 함부로 돌아다니게 둘 순 없다. 이하가 아무리 명성이 높아졌다지만 그것은 별개의 문제였다.

"반장님."

"그래, 가 보자. 이하, 네가 저격, 저격 노래를 불렀던 그 NPC의 꼬락서니를 한번 봐야겠어."

카렐린의 인솔하에 마침내 이하와 김 반장은 한때 대통령의 집무실이자 거처였던 레플린 궁을 향할 수 있었다.

입구의 경비는 살벌했으나 내부는 황량했다.

대통령 궁이라는 별명이 무색할 정도로, 내부에는 그 어떤 인물도 보이지 않았다.

카렐린은 쓴웃음을 지으며 말했다.

"여기, 샤즈라시안은 특히나 힘의 지배가 강한 곳이고, 자신의 힘을 증명하기 위해 목숨을 내놓는 사람들이 많은 곳이지요. 그러나 합리적인 사람들이기도 합니다."

"자신의 힘을 증명조차 못 하고 개죽음을 당할 만한 장소는 안 가는 게 당연하니까요."

이곳을 조사하겠다고 나서는 자들이 없는 건, 이미 모든 수단을 써 봤고 그 결과가 무용했다는 뜻이다.

괜히 풀지 못할 문제를 붙잡고 있다가 죽음을 맞이하는 건 피하고 싶다는 의미이기도 했다.

이하는 대통령이 저격당한 바로 그 방을 둘러보는 중이었다.

곳곳을 세세하게 살피는 이하와 달리, 김 반장은 오직 한군데만 바라보고 있었다.

"카렐린 님이라고 하셨나요? 이거, 아무도 안 건드린 거 맞습니까?"

"아. 네, 고르고 사십칠 님."

"푸흡―."

"크흠, 그, 그냥 고르고라고 불러 주셔도 됩니다. 그리고 이하 너, 웃지 마라."

―닉네임을 왜 그렇게 지으셨어요! 들을 때마다―.

―나 어렸을 때는 인마, 저격수 나오는 만화 중에 이게 짱이었어! 근데 그 번호는 벌써 누가 써먹고 있어 가지고 번호 늘리다, 늘리다 여기까지 온 거야! 젠장할, 마지막에는 거의 될 대로 되라는 식이었다고. 그리고 내가 원한 건 '고르고 47'이었는데 왜 아라비아 숫자로 적용이 안 되어 가지고는……!

―애초에 닉네임이 눈에 보이는 게임이 아닌데, 당연히 숫

자는 발음대로 적용되는 거 아니겠습니까. 사십칠— 큭—.

뒤늦게 게임을 시작한 유저가 겪을 수밖에 없는 고충은, 김 반장의 닉네임에서도 고스란히 드러나고 있었다.

잠시간 밝아졌던 분위기가 다시 무거워질 때쯤, 카렐린이 물었다.

"무슨 이상한 점이라도 있으십니까?"

"저 핏자국이 대통령의 것이라는 게 맞는다면……. 이상하 군요."

"뭐가요?"

"유리창을 깨고 들어온 각도와 핏자국이 퍼진 방향이 다르 잖아. 유리창 파편이 흩어진 방향을 봐라. 탄두의 진행 방향 이 이쪽이었다는 건데, 그렇다면 핏자국이 이렇게 뒤로 생길 게 아니라……. 저쪽을 향해 났어야 하지 않겠냐."

김 반장이 여기저기를 가리키며 자신의 의견을 피력했다.

이하는 그다지 놀라지 않았다.

"그건 제가 말씀드렸잖아요. 저도 할 수 있는 기술이긴 하 지만, 엘리자베스는 탄의 방향을 바꿀 수 있습니다."

일반적이라면 저격수의 위치를 찾아내는 데에 가장 중요한 게 바로 피탄 흔적이다.

그러나 〈커브 샷〉을 쓰는 저격수를 대상으로는 무용하다고 볼 수 있었다.

"어디서부터 언제까지 쓸 수 있는데."

"네?"

이하는 당연하다고 생각했다. 엘리자베스 정도의 실력자라면 커브 샷을 사용해 대통령을 죽일 수 있다.

엘리자베스의 실력을 어느 정도 알고 있기 때문에 '너무나 당연히' 그렇게 생각했다.

하지만 아무런 선입견이 없는 김 반장은 이하와 생각이 조금 달랐다. 〈커브 샷〉 그게 어쨌다는 건가.

"이 유리창에서부터…… 대통령이 피격되었다고 하는 이 자리까지, 2m가 채 안 된다. 이 방향을 뚫고 들어가서, 핏자국이 저쪽으로 튀도록 하려면— 아마도 이 위치에서 꺾였어야겠지."

김 반장은 어느 위치에 서서 유리창을 향해 왼팔을 뻗고 탄두가 꺾여야 할 위치쯤을 향해 오른팔을 뻗었다.

양팔을 쫙 뻗은 정도의 길이보다 아주 약간 더 긴 거리였다.

"그 〈커브 샷〉이라는 게 얼마나 자유자재로 꺾일지 모르겠다만— 그래도 탄두의 속도를 고려하자면, 유리창을 깨뜨리고 들어온 탄두가 꺾여야 할 '적정 위치'까지 도달하는 시간은 소수점 두 개 아래는 될 거다. 그런 것까지 계산해서 미리 할 수 있어?"

"어, 어라? 그건……."

김 반장이 발견한 증거는 바로 이것이었다.

커브 샷을 쓸 수 있다고? 좋다.

그러면 그것을 얼마나 빠르게 적용시킬 수 있는가.

0.00초 단위까지 계산을 끝내서 곡선 구간을 찾아낼 수 있다고? 그럴 리 없다.

"아마 그 엘리자베스라는 저격수는 보고 있었을 거다. 그것도 상당히 가까운 거리에서. 자신의 탄두가 꺾일 위치를 끝까지 확인하고, 격발하자마자 커브를 적용시켰겠지."

"말도 안 됩니다! 반경 10km를 전부 뒤져도 찾아낼 수 없었습니다!"

이하보다 더 크게 반발한 것은 카렐린이었다. 대통령 피격 이후 얼마나 많은 조사를 해 왔던가.

레믈린 궁 반경 10km는 당연하고, 수도인 피에타리로부터 3km 뻗어 나간 모든 언덕과 동굴, 심지어 호수 속까지 모두 뒤져 볼 정도로 암살자 색출에 노력했던 게 샤즈라시안이다.

당연히 엘리자베스를 찾기는커녕 그녀가 있었던 흔적조차 발견하지 못하여 반쯤 손을 놓은 상태가 바로 지금의 상황이었건만.

멀리서 저격한 게 아니라, 대통령의 모습이 보일 정도로 가까이에 있었단 말인가?

카렐린이 전부 말하지 않았음에도 그의 눈빛을 통해 김 반장과 이하에겐 많은 사실들이 전달되었다.

이하 또한 그럴 가능성이 적다고 생각한 순간, 김 반장은 그를 불렀다.

"이하야."

"네, 반장님."

"다른 사람들이 널 찾을 수 없고, 보지도 못할 정도의 능력이 있다고 가정한다면, 목표물에서 멀리 떨어져 쏘겠냐 가까이서 쏘겠냐."

이하는 굳이 답하지 않았다. 하지 않아도 뻔한 질문이었다.

저격수가 거리를 벌리는 것.

저격 총이 일반 돌격 소총들과 달리 사거리를 늘린 것은, 적이 자신을 발견하지 못하게 만들기 위함이다.

즉, 자신의 안전은 보장하면서도 적을 공격하기 위해.

그러나 가까이에 있어도 안전이 보장된다면? 오히려 근처에 있을 때 더욱 안전할 만한 상황이 만들어진다면?

굳이 멀리 떨어질 필요가 없다.

저격 총에게 사거리만큼이나 중요한 건 바로 명중률이다. 그리고 말할 필요도 없이, 명중률은 가까울수록 높아진다.

이하가 설명하지 않아도 카렐린 또한 그러한 사고의 흐름으로 김 반장이 말하고자 하는 바를 끌어내었다.

그러나 김 반장의 눈은 확고했다.

"저격수란 그런 거요, 카렐린 님. 몸을 숨겨야 하는 곳은 눈에서 보이지 않는 곳이 아니라, 생각이 도달하지 않는 곳이지."

그가 할 수 있는 말은 한마디뿐이었다.

"목표물의 머리를, 목표물의 심장을 찌르기 전에…… 의표를 찔러야 한다는 겁니다. 엘리자베스가 진짜 저격수라는 뜻이기도 하죠."

천천히 벽으로 다가선 김 반장은 씁쓸한 얼굴로 벽에 묻은 핏자국을 만졌다.

이하는 김 반장의 굳은 얼굴을 오랜만에 보았다.

Geschoss 7.

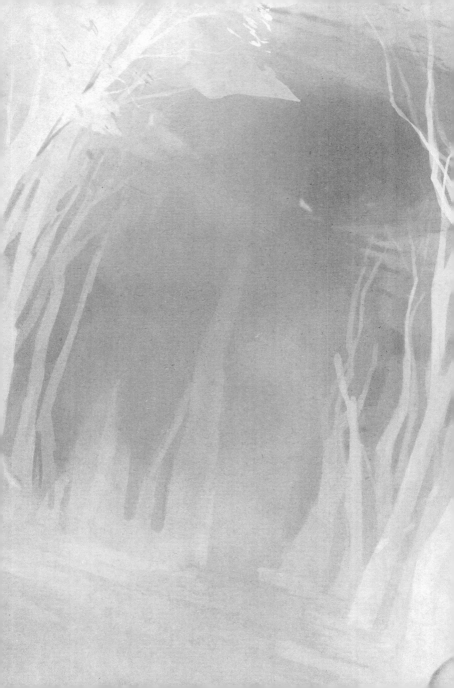

　김 반장의 추리를 듣고 나서야 이하도 생각나는 점이 있었다.

　가까이서 쐈음에도 그들이 발견하지 못했을 만한 이유는 최근 유사 사건을 통해 겪지 않았던가.

　"그리고 찾아내지 못하는 것에 대해선 저도 드릴 말씀이 있습니다. 어쩌면 카렐린 씨도 이미 들었을지 모르겠지만……."

　"브라운의 경우―라는 말씀이시지요."

　"네. 에인션트급 드래곤이 마나 탐지로 찾지 못할 정도였습니다. 아마 일반 유저들이라면……. 설령 오라클 직업군이었다 할지라도, 루비니 씨 정도의 실력자가 아니면 못 찾았을 거예요."

　카렐린이 브라운 척살 소식을 듣지 못했을 리가 없다.

당연히 그 일이 얼마나 어렵고 큰일이었는지 또한 알고 있었다.

마나 탐지에 걸리지 않는 생명체라는 것을 인지하고 더욱 주의해도 찾을 수 없을 가능성이 높다.

'하물며 그저 일정 간격을 유지한 채, 마나 탐지만 켜고 돌아다녔을 게 뻔한 수색 작업으로는…….'

엘리자베스를 발견하지 못하는 게 당연하다.

엘리자베스는 바로 그 점을, '마나 탐지에 걸리지 않는 생명체'라는 점을 역으로 활용하여 근거리에서 저격을 했던 것.

김 반장의 말대로 진정한 저격수는 적의 의표부터 찌르고 들어가, 그곳에서 적의 심장을 찌른 셈이었다.

잠시 침묵이 맴도는 대통령의 집무실에서, 이하는 짜르와 카렐린의 눈치를 보고 있었다.

당장 엘리자베스를 쫓는 것도 중요하지만 카렐린이 짜르의 인원들에 대해 어떻게 생각하는지도 알아 두는 게 중요했기 때문이다.

"저기, 카렐린 씨."

"네."

"당사자들 앞에서 묻기에 조금 민망하지만, 그렇기 때문에 물어봐야만 하는—."

"아, 이런."

카렐린은 인상을 찌푸렸다.

이하는 괜히 민감한 사안을 건드린 것 같아 머쓱해졌으나 그렇다고 멈출 순 없었다.

"—그렇게까지 곤란한 질문은 아니지만, 그러니까는……."

"하이하 씨."

"네?"

카렐린은 이하의 말 때문에 인상을 찌푸린 게 아니었다.

"조금 전 또 한 번의 저격이 발생했다고 합니다."

"지금요?"

카렐린은 묵묵히 고개를 끄덕였다.

그는 서두르지 않았다. 브라운의 공격에 비하면 엘리자베스의 공격은 지속적으로 유지되는 성질의 것이 아니다.

이미 저격이 종료되었다면, 지금에 와서 그곳을 향한다 한들 엘리자베스를 찾아낼 수 없다는 걸 '학습'했기 때문이다.

몇 번이고 시도했으나 단 한 번도 성공하지 못한 엘리자베스 색출.

카렐린의 태도를 보며 이하는 그동안 샤즈라시안의 관료급 유저들이 얼마나 고생했을지 짐작할 수 있었다.

"누가 죽은 건가요? 군사력과 관련된 주요 인물인가요?"

카렐린은 이하를 보며 슬픈 미소를 지었다.

"하이하 씨, 엘리자베스는 그렇게 움직이지 않습니다. 이번에 죽은 건 타지토니아 지방에서 뽑힌 집권당 소속의 NPC네요."

"네?"

"으음, 말씀드리자면 샤즈라시안 연방 공청회의 제2안건, 연방 탈퇴를 원하는 '유크린, 아르지야, 타지토니아' 세 지방 중 한 곳 출신으로, 현재의 체재를 유지해야 한다는— 말하자면, 세 지방이 모두 연방 존속의 길을 택해야 한다고 주장하던 NPC였습니다."

샤즈라시안의 유저들이 힘든 것은 이하의 생각처럼 단순한 게 아니었다.

이하는 물론이고 샤즈라시안 연방 소속의 웬만한 유저들조차 알아듣기 힘든 연방의 내부 권력 구도에 대한 이야기가 필요했다.

"하하핫. 엘리자베스라는 그 여자, 단순한 저격수가 아니구만. 공작원工作員이었어."

"반장님은 이해하셨어요?"

"이해를 못 해도 알 수 있지. 나라를 파괴하기 위해서는 도시를 날릴 필요가 없다, 이하야."

"그럼요?"

이하의 말에 답한 것은 카렐린이었다.

"서로 싸우게 만들면 되는 거였습니다. 지금 우리 상황처럼 말이지요."

그는 깊은 한숨을 내쉬며 이하와 김 반장에게 말했다.

"두 분 모두, 잠시 시간 괜찮으시면 이야기 좀 들어 주시겠습니까."

"그럽시다. 아, 그래도 저격 현장에는 한 번 가 봤으면 좋겠는데."

"알겠습니다. 두 분 모두 모시도록 연락해 두겠습니다. 가시죠."

카렐린과 김 반장이 자연스레 걸어 나갔다.

뒤처진 이하만이 짜르를 한 번 흘겨본 후, 그들이 했던 대화에 대해 생각했다.

대통령 집무실의 말라붙은 피와 달리, 이번 현장에서는 생생하게 붉은 피가 남아 있었다. 잿빛으로 변한 사체도 정리하지 않은 채, 현장은 고스란히 보존된 상태였다.

"카렐린 의원님."

"이제는 의원이 아닙니다. 그렇게 부르시지 않으셔도 됩니다."

"하지만 그럴 수는—."

"내부를 좀 봐도 될는지요."

"넵! 들어가십시오!"

샤즈라시안의 수도에서 여전히 막강한 위력을 자랑하는 유저에게, 지방 소도시의 NPC들이 벌벌 떨며 답했다.

"흐음, 그러고 보니 카렐린 씨는 '의원'이셨잖아요? 관료라기보다는─."

"그렇습니다. 대통령이 살아 있을 당시 '하얀 사신 사건 조사관'으로 임명되며 임시 관직에 있긴 했습니다만, 근본적으로는 당직이 우선이었지요. 지금도 엄밀히 말하면 관직은 아닙니다."

"어라? 그럼요?"

"집권당 기준으로 형성된 '비상 대책 위원회' 소속이죠."

"비상 대책─ 와……. 저는 뭐, 상상도 잘 안 되네요."

"그런 면에서 미들 어스라는 게임도 재미있습니다. 샤즈라시안 연방 정부 정상화를 위한, 이라는 수식어부터 시작해서 위원회라는 단어로 끝날 때까지 그 사이에 붙은 단어가 한 30개는 될 겁니다."

폴리스 라인과 유사한 접근 금지 띠를 헤치고 들어가며 카렐린이 답했다.

주변의 국가들이 모조리 왕국인 것에 비해, 확실히 복잡할 수밖에 없는 구조였다.

샤즈라시안은 애초에 연방제에 기초하고 있는 데다, 정치 체계를 기준으로도 주변 국가와 그 궤를 달리하고 있었기 때

마탐의
사수

문이다.

즉, 샤즈라시안에서 어느 정도 권력 구도에 들어간 사람들은 단순히 레벨 업이나 업적만 신경 써야 할 게 아니라는 뜻이기도 했다.

"힘에 의한 연방의 존속이었고, 대통령이 바로 힘의 절정. 대통령 사망 이후 지금까지 죽어 나간 인사들은 모두 연방 존속을 희망하는 사람들이겠죠?"

"맞습니다. 잘 아시는군요. 고르고 님."

"크흠, 뭐. '이이제이'라는 진부한 표현도 필요 없죠. 서로 다른 생각을 지닌 자들은 어디에나 있기 마련이고……. 통상적으로 기울어져 있는 힘의 구도를 조금만 만져 준다면 싸움이 벌어지는 건 당연한 일이니까."

김 반장의 말을 들으며 카렐린은 현 샤즈라시안 내부 상황을 설명했다.

대통령이 살아 있을 때엔 그저 명목상 존재할 뿐, 기능하지 못했던 '야당' 성격의 당들이 나서기 시작했으며, 힘을 합쳐도 마땅치 않은 시점에 대통령 소속 당이었던 '여당=집권당'의 내부에서도 권력 공백기를 이용해 이득을 보려는 파벌이 등장했다.

거기에 더해 샤즈라시안 연방에서 지역 경제 수준이 높은 세 개의 지방이 연계하여 연방을 탈퇴, 독립국의 지위를 얻으려 한다는 점이었다.

즉, 기존 샤즈라시안 연방 정부 상태로 돌아가고자 하는 '비상 대책 위원회' 소속 카렐린의 적이 한두 단체가 아니라는 의미이기도 했다.

"권력을 잡으려는 야당도 깨야 하고, 현재 내부에서 발생한 파벌 싸움도 종식시켜야 하고—."

"세 개의 지방이 연방에서 탈퇴하려는 것도 막아야 하지요."

"어휴, 듣기만 해도 엄청난데요? 이걸 카렐린 씨 혼자서 다 한다고요?"

"하핫. 당연히 저 혼자 하는 건 아닙니다. 샤즈라시안 소속 유저들에게는 최대한 많은 결집을 부탁한 데다가, NPC들과의 기존 인맥도 있으니까요. 그나마 연방 공청회 제1안건이었던 '연방 해체'에 관한 게 해결되어 다행인 거죠."

이하는 치가 떨린다는 듯 고개를 저었으나 이것도 카렐린이 최대한 간단하게 표현한 것이었다.

[샤즈라시안 연방]: 연방의 존속 또는 해산에 관한 공청회
 1안. 연방의 존속 및 해산에 관하여.
 2안. 유크린, 아르지야, 타지토니아의 연방 탈퇴에 관하여.
 3안. 연방의 존속 또는 일부 해산 시, 존속 연방의 새로운 대통령 선출에 관하여.

실제로 대통령 사망 이후 열린 공청회 중 가장 위험했던 게

첫 번째 안건이었고, 샤즈라시안 연방 소속 유저와 NPC들이 합심하여 첫 번째 안건은 가까스로 존속으로 가닥을 잡은 상태였다.

당연히 완전한 해결은 아니었다.

당장 두 번째 안건인 3개 지방의 연방 탈퇴가 가결된다면, 1안 논의 당시 묵살되었던 타 지방의 연방 탈퇴 논란이 재점화될 가능성도 있기 때문이다.

즉, 카렐린이 조금 전 설명한 단체끼리의 갈등 외에도 눈에 보이지 않는 단체와의 싸움도 신경 써야 하며, 해당 단체 내부에서도 계파가 나뉘어 주도권 싸움을 진행 중이었으므로 '비대위'가 실질적으로 상대해야 하는 단체는 세기 힘들 지경이었다.

"그래도 가끔은 다 내던지고 싶을 때가 있어요. 그렇게 되면 오히려 편할 텐데……."

카렐린은 한숨을 내쉬었다.

이족 보행 고릴라와 같은 외모지만 그는 엄밀히 말하면 정치, 내정에도 상당한 실력이 있다.

따라서 알 수 있었다.

차라리 어느 한쪽으로 방향이 정해지면 샤즈라시안은 안정화될 수 있다.

샤즈라시안 연방이 해체되는 한이 있더라도, 차라리 연방 해체로 안이 정해지면 해당 안건을 준비하며 일이 진행될 것이다.

그러나 무엇 하나 정해짐이 없다면?

국가를 마비시키는 데 가장 좋은 일은 바로 혼란이고, 혼란은 불확실에서 온다.

"그 일이 일어난 게 모두⋯⋯."

이하는 그의 얼굴을 보며 마른침을 삼켰다.

지금의 샤즈라시안이 완전히 마비 상태가 되어 버린 게 다 누구 때문인가.

"네, 엘리자베스 한 명 때문입니다. 힘으로 밀어붙이고 싶어도— 조금이라도 힘이 강해지는 단체가 있으면, 해당 단체 소속의 주요 인물이 제거되고 있으니까요."

저격수의 힘을 고스란히 보여 주는 NPC, 엘리자베스 때문이었다.

브로우리스가 노린 일이 전부 성공하더라도 퓌비엘은 왕권이 교체되는 정도에서 그쳤을 것이다.

브라운이 한 일은 미니스의 경제를 상당히 흔들어 놓았으나, 그것은 시간이 지나면 복구될 수 있다.

하지만 엘리자베스는?

그녀가 한 일은 로페 대륙의 국가를 멸망시키는 수준에 가까웠다.

이하는 소름이 끼치는 것을 느꼈다.

그것도 두 번이나.

첫 번째는 엘리자베스가 행한 일을 마침내 피부로 느꼈기 때문이다. 그렇게 엄청난 '저격수'의 성과라는 생각이 드는 순간 두 번째 소름이 끼쳤다.

이것은 저격수의 일이다.

권력의 구도를 명확히 파악할 수만 있다면, 이하 자신도 할 수 있는 일이라는 의미였다.

'내가…… 내 총으로……'

바꿔 말하자면, 자신 또한 미들 어스라는 게임을 망하게 만들 수 있는 힘이 있다는 뜻이기도 하다.

"단순히 웃대가리부터 차례대로 죽인다고 국가가 무너지는 건 아니니까. 크흐흐, 이하야. 고거 아주 보통 저격수가 아닌가 보다. 우선순위 타깃을 아주 명확하게 파악하고 있어."

"……제게는 썩 즐거운 이야기가 아니지만 사실입니다. 평시라면 대통령이 있어 절대로 표현하지 못할 말들조차 지금은 샤즈라시안 곳곳에서 나오고 있으니까요."

카렐린은 힘 빠진 목소리로 답했다.

다른 사람이 김 반장처럼 말했다면 그는 분명 불쾌하다는 뜻을 내비쳤겠으나 지금은 달랐다.

이하는 카렐린이 불과 얼마 안 되는 만남 속에서 김 반장을 인정했다는 것을 알 수 있었다.

"아 참, 그러면 대통령 선거를 하면요? 1인자가 없어서 그런 문제가 발생하는 거라면, 1인자를 뽑으면 되잖아요?"

카렐린은 이하의 물음에 웃음으로 답했다.

이하의 말은 분명 근본적인 해결책이었다. 단순히 방법만 두고 본다면 당연히 대통령을 뽑는 게 가장 이상적인 해결안일 것이다.

그러나 절차가 있고, 명분이 있어야 한다.

"공청회의 두 번째 안건이 선결되어야만 합니다. 유크린, 아르지야, 타지토니아의 연방 탈퇴에 관한 국민 투표가 90일 후에 열리고, 대통령 선거와 관련된 투표는 그 이후에 할 수 있죠. 실제로 준비 기간과 후보들의 선거 활동까지 포함한다면…… 그보다 한참이나 더 뒤일 겁니다. 게다가—."

"샤즈라시안은 힘에 의해 지배되는, 민주주의가 아닌 민주주의. 쩝, 국민 모두가 인정할 만한 성과가 없다면 결국 불가능하다는 거겠지."

"바로 그렇습니다."

카렐린의 말을 끊으며 김 반장이 답했다.

이하는 요목조목 카렐린의 의도를 집어내는 김 반장이 신기하게 느껴졌다. 이건 저격과 관련된 것도 아닌데 그가 이토록 잘 아는 이유가 무엇일까.

사체 주변을 둘러보던 김 반장은 이하의 시선을 느끼곤 그를 돌아보았다.

"신기하냐?"

"그, 뭐…… 조금 그렇네요. 반장님께서 저격에 대해선 엄청나다는 걸 알고 있었지만 이건―."

"내가 괜히 파견 갔다 온 게 아니다, 이하야."

"……아."

그는 중동을 다녀온 적이 있다.

정확히 어떤 일을 했는지 여전히 이하에게 아무런 말도 하지 않은 상태였지만, 중동 파견을 갔던 그곳에서 군 생활을 그만두었다는 이야기는 들었다.

'어쩌면……. 이런 일을 하신 건가.'

김 반장은 그곳에서 무슨 일을 했는가.

군인 대 군인으로서 싸운 게 아니었을지도 모른다.

지금 샤즈라시안에서 사망한 NPC들은 정치인이긴 하지만 '민간인'이다.

비무장 상태의 민간인을, 정치적으로 높은 위치에 있고, 테러리스트들을 원조하거나 지휘 또는 그들에게 도움이 되는 법안을 처리한다 하여 죽여야 했을지도 모른다.

'그래도 죽어 마땅한 놈들이었을…… 아니, 이런 건 내가 판단할 게 아니겠군.'

김 반장은 그곳에서 직접 보고 무언가를 느꼈을 것이다. 정말로 그들이 어떤 일을 실행한 자들이었을지는 아무도 모른다.

어쨌든 그는 저격수로서 해당 전투에 참가했고, 그저 상부의 지시대로 목표물들을 사살했을 테니까.

스코프 너머 실제의 생명이 꺼져 가는 것을 보고, 그 생명과 그 생명의 주변에서 타오르는 또 다른 생명을 보며 절실히 느낀 무언가가 있을 것이다.

이하는 단순한 생각으로 김 반장을 판단하고 싶지 않았다.

그래서 그는 다시금 주제를 돌렸다.

"그럼 카렐린 씨가 대통령이 되시려는 건가요? 이번 '비대위' 일을 성공적으로 마무리하면서?"

"으음, 그거야……. 사실 말씀드리기 어렵군요. 제가 원한다고 되는 일도 아니긴 하지만─ 어쩌면 그럴지도 모르겠네요."

카렐린은 이하에게 말하며 뒤를 슬쩍 보았다.

이곳까지 따라온 짜르의 인원들이 카렐린의 뒤에 기세등등하게 서 있었다.

짜르가 카렐린의 곁에 있을 때부터 충분히 짐작할 수 있는 일이었다.

"과연…… 그래서 저 인간들이 카렐린 씨 곁에 붙어 있었군. 카렐린 씨를 대통령으로 만들고, 뭔가 다른 수작을 꾸미기 위해서 같은데. 괜찮으시겠어요? 저놈들은 이고르를─."

"하이하 씨."

"네?"

"저는 우선 샤즈라시안을 원래대로 돌려놓고 싶습니다."

하이하 당신이 짜르를 어떻게 평가하든 상관없다.

지금 나에게 중요한 것은, 손 하나라도 급한 나를 돕는 저들의 정보력과 힘이다.

카렐린은 이하와의 친분을 생각하여 말하지 않고 삼켰으나, 그가 삼킨 말을 이하는 알 수 있었다.

그간 고생했을 것을 생각한다면 그가 이런 태도를 보이는 것도 틀린 건 아니리라.

이하는 잠시 카렐린과 짜르의 인원들을 바라보았다.

라르크에게 연락을 받은 건도 있었지만 카렐린이 이하와 김 반장을 직접 에스코트하며 피해 현장을 돌아다닌 이유가 무엇이었나.

'이번 일의 공을…….'

홀로 차지하기 위하여.

엄밀히 말하면 그건 잘못된 게 아니다. 당장 미니스에서 브라운 건을 해결할 때에도 그랬다.

드래곤들의 도움도 있었다지만, 브라운을 최종적으로 사살한 이하와 루거는 미니스 왕국으로부터 그 어떤 보상도 받지 못하지 않았나.

브라운과 관련된 퀘스트를 받았던 미니스의 유저들이나, 브라운 건을 앞장서서 해결하려 했던 라르크가 미니스 왕실로부터 특정 보상을 받을 것을 생각한다면, 지금의 경우와도 크게 다르지 않은 것이다.

차이점이 있다면 단 한 가지.

짜르의 존재다.

라르크와 카렐린 모두 자국의 문제를 빠르게 해결하고자 한다. 단지 그 이유뿐이라면 이하도 발 벗고 나서서 도울 용의가 있다.

카렐린의 무력과 지력은 〈신성 연합〉에 큰 도움이 되는 걸 잘 알고 있기도 하니까.

'그러나 이건 아냐. 이건 아니다.'

하지만 짜르가 개입한다면 이제부터는 다른 문제가 된다.

"……하이하 씨, 하이하 씨가 어떤 생각을 하는지 잘 알고 있습니다. 하지만 이번 건에 대해선 저를 믿어 주시면 안 되겠습니까."

"이고르에게서 끝까지 떨어지려 하지 않았던 놈들이에요. 아마도 카렐린 씨에게 접촉한 것도 오래 안 됐을 것 같은데, 맞나요?"

"알고 있습니다. 샤즈라시안 국내가 어지러워지자— 그 안에서 기회를 잡고자 하고 그 기회를 만들 샤즈라시안 소속 유저이면서 동시에…… 크흠, 현실의 국가가 같은 유저는 저밖에 없었겠죠."

카렐린도 러시아의 플레이어다.

샤즈라시안 따위 게임 내 국가가 아니라, 현실에서의 자국

이익을 위해 짜르가 접근했을 것이다.

미들 어스를 통해 무엇을 얻으려 하는지 모르지만, 이미 여타 단체에 비해 그 규모가 조금쯤 축소된 짜르가 기회를 얻기 위해서는?

'혼란이 계속되어야 해.'

짜르는 샤즈라시안을 안정화할 것이다.

그러나 미들 어스를 안정화하는 데 도움을 주진 않으리라.

이하는 잠시 숙고했다.

이미 사건 현장을 샅샅이 살핀 김 반장은 그의 곁에 와 있었다.

카렐린은 이하가 다시금 입을 열 때까지 기다렸다. 물론 짜르는 기다리지 않았다.

"우리의 의뢰하에 엘리자베스를 죽여라, 하이하."

"그렇게 된다면 우리도 모든 지원을 아끼지 않겠다. 물론 그 이후의 보상 또한 잊지 않는다."

"어차피 너는 샤즈라시안과 아무런 관계도 없다."

뚝, 뚝 끊기는 목소리였으나 제안 자체는 합리적이었다. 일반적인 유저라면 어차피 다른 길이 없다고 생각했을 것이다.

엘리자베스를 빠르게 잡는 게 일단의 목표이고, 그 목표를 위해 손을 잡는 것.

무엇보다 짜르가 정말로 악의를 품고 있는지는 알 수 없는 일 아닌가.

당연히 손을 잡는 게 합리적이다. 효율적이다. 편한 길이다.

"으음, 죄송합니다. 저는 엘리자베스를 죽일 거지만…….
여러분들의 의뢰는 받지 않겠어요."

그러나 이하는 달랐다.

그저 감정적인 선택은 아니었다.

엘리자베스에 대한 정보? 어차피 이들이 무슨 정보를 줄 수
있으며, 무슨 지원을 할 수 있을까.

보상?

이하에게 단순 금전이나 아이템 따위의 보상은 더 이상 필
요치도 않다.

그렇다면 결국 그들의 제안은 빛 좋은 개살구밖에 되지 않
는다는 뜻 아닌가.

오히려 합리적으로 판단했기에 내릴 수 있는 결론이었다.

카렐린의 미간이 찌푸려졌다.

"방금 말씀드렸듯…… 어차피 하이하 씨와는 관계없는 일
입니다. 하이하 씨가 저희의 의뢰를 받아들이지 않는다 해
도— 저와 함께 움직였던 이상, 엘리자베스의 사망은 곧 저
의 평판으로 이어질 겁니다."

"흐히히, 그러니까요. 이번 일로 느낀 점은 카렐린 씨가 역
시나 영악하다는 점? 흉포한 외모와 다르게 진짜 섬세하다니
까. 그런 면은 역시 좋습니다."

이런 상태가 되어서도 이하는 여전히 카렐린을 보며 웃었다.

영악하다 말했지만 동시에 우직하고 완고하다. 그가 원하는 건 오직 샤즈라시안의 정상화뿐이다.

그 마음을 어느 정도 느낄 수 있는 이하로서는 카렐린을 미워하기가 어려웠다.

"……무슨 말씀이시죠? 마치 방법이 있다는 것처럼 들리는데요."

"물론 있죠! 근데 카렐린 씨까지 그 일을 잊고 있을 줄은 몰랐네요."

"무슨 말씀이시죠?"

"저는 샤즈라시안과 무관하지 않거든요."

"하이하 씨가 어떤…… 아?"

카렐린도 그제야 알아차렸다는 듯 놀란 눈을 했다.

짜르의 인원들은 어리둥절한 표정으로 이하를 바라보고 있었다.

이하가 그들의 의뢰를 깔끔하게 거절할 수 있는 이유, 그중하나가 바로 이것이었다.

자신의 직업이 무엇인가. 현재 자신이 갖고 있는 가장 강력한 스킬이 무엇인가.

"저는 〈하얀 죽음〉을 쓸 수 있어요."

"그, 그건ㅡ."

"전 분명 퓌비엘 왕국 소속입니다. 하지만 샤즈라시안과 무관하지 않죠. 샤즈라시안 연방 소속이자 이제는 사라진 소국,

'판린드 지방' 마지막 영웅의 뒤를 이은 사람입니다. 이건……
과거 판린드 소속이었다가 지금은 곳곳으로 흩어진, 판린드
민족의 후예들이 모두 증언해 줄 겁니다."

이하는 정신적으로는 샤즈라시안의 후예라고 봐도 좋을 지
경이며 그것은 NPC들이 증언해 준 바가 있다.

짜르는 알 수 없었지만 카렐린 자신이 바로 그 일에 대해
'조사'를 나가지 않았던가.

이하는 그들을 보며 웃었다.

"엘리자베스 사살 건, 시모의 뒤를 이은 [하얀 사신] 하이하
의 이름으로 처리하도록 하겠습니다."

이번 공로는 결코 카렐린에게 넘겨주지 않을 것이다.

출구를 향해 이하가 몸을 돌리자 짜르의 인원들이 제지하
려 했으나, 카렐린이 오히려 그들을 막았다.

"저 셰끼가 은근히 성깔도 더럽고 고집도 센 거, 아시죠? 카
렐린 님과는 말도 제법 통할 것 같으니…… 피차 얼굴 붉히진
않았으면 좋겠구만."

어느새 총을 들고 카렐린을 겨누고 있는 김 반장이 있었기
때문이다.

카렐린은 벌써 저만큼 걸어 나간 이하의 등을 보며 한숨을
내쉬었다.

"후우, 그렇군요. 저도 고르고 님의 통찰력에는 감명 받았
습니다. 말씀하신 찰스라는 인물을 찾는 건에 대해서는 꾸준

히 알아보도록 하지요.”

“역시. 내 사람 보는 눈이 틀리진 않았다니까. 아, 그런 의미에서 말씀드리자면 ‘힌트’는 다 드렸습니다. 그럼 다음에 또 만나길, 카렐린 님.”

카렐린이 이 자리에서의 안전 보장뿐만이 아니라 향후의 교류까지 언급하고 나서야 김 반장은 총구를 내렸다.

그러곤 이하를 향해 달려갔다.

“야! 근데 이 셰끼가 나한테 다 떠맡기고 지 혼자 멋있는 척하네? 돌아보지도 않냐? 엉? 내가 죽었을 수도 있는데?”

“바, 반장님! 아, 아아! 귀! 귀!”

조금 전까지의 분위기와 맞지 않게 소란을 떨며 두 명의 저격수가 건물 밖으로 걸어 나갔다.

그들이 모두 사라지고 나서야 짜르의 인원들은 카렐린을 압박했다.

“……카렐린 님은 반드시 샤즈라시안의 대통령이 되어야 합니다.”

“계약을 파기하는 건 결코 쉽지 않을 터.”

“미들 어스를 ‘즐겁게’ 하고 싶다면 호의적인 태도를 보이십시오.”

그 이야기를 듣기 무섭게 카렐린의 펑퍼짐한 로브가 투두둑, 뜯어지기 시작했다.

조금 전까지 짜르의 인원들보다 덩치가 작았던 자이언트는 이하의 표현대로 '흉포한 고릴라'의 외형을 지니고 있었다.

"첫째, 계약이 아니라 일방적인 당신들의 의사표시였고. 둘째, 나 또한 포기하지 않았으며. 셋째, 그딴 식으로 나를 위협하려 들지 마. 나는 이고르 같은 병신이 아니야."

카렐린의 역 위협에 짜르의 인원들은 주춤거리며 물러섰다.

당연히 입 밖으로 약한 소리를 할 자들은 아니었기에, 카렐린 또한 그 이상 위협을 가하진 않았다.

'하이하 씨가 이 일을 처리하게 된다면 아마도 나는……'

근육이 부풀어 올랐던 고릴라는 어느새 다시 일반적인 자이언트로 돌아와 있었다.

미들 어스는 게임이지만 게임이 아니다.

짜르의 '소속'을 생각한다면, 카렐린은 분명 어떤 선택을 해야만 할 것이다.

"카렐린 씨한테 말했다고요?! 반장님! 그걸 말씀하시면 어떻게 해요!"

"이 셰끼가?! 너 지금 나한테 큰소리치냐?"

"아, 아뇨. 그건 아닌데……."

"아닌데? 말이 짧다?"

"아닙니다! 하지만― 카렐린 씨가 선량한 의도라도, 곁에 짜르가 있는 이상 어쨌든 카렐린 씨가 엘리자베스를 처치하는 걸 막아야 한다는 식으로 제가 충분히 말씀드린 것으로 기억합니다!"

이하는 다소 과장된 몸짓까지 곁들여 가며 말했다.

이제 군 시절의 추억을 개그 요소로 써먹을 수 있을 만큼 두 사람은 친해진 상태였으나, 지금의 사태는 이하로서도 아쉬운 일이었다.

"그러니까 말했잖아, 인마. 그냥 '이미 힌트를 줬다'라고 한마디 했을 뿐이라고. 고작 그 정도 말한 걸로 알아들을 만큼 똑똑한 인간이면, 당연히 곁에 두고 사귀어야 한다는 거 몰라?"

"물론 알죠. 그래서 더 문제라고요."

김 반장은 최근 사건 현장을 빠져나오며 카렐린에게 딱 한마디를 했을 뿐이었다.

그러나 더 이상 알아낸 사실을 알려 주지 않았다는 것, '이미 힌트를 주었다'라는 표현 하나만으로도 카렐린은 대통령 피격 사건과 금번 NPC 피격 사건이 유사한 형태, 즉, '근거리 저격 암살'이라는 걸 깨달았으리라.

"반장님께서 '힌트는 줬다'라는 말 한마디로, 카렐린은 엘리자베스가 이번에도 근거리 저격을 했다는 걸 눈치챘을 테니까요."

"끌끌, 그럼 좋은 거지. 내 퀘스트에도 적극 협조해 주겠다는데, 내가 뭐 하러 저 인간이랑 싸우겠냐. 안 그래?"

"휴, 더 말해 무엇 하겠습니까."

"뭐, 인마!?"

그렇게 힌트를 일러 주는 게 가능했던 것은 당연히 김 반장이 이번 암살 사건을 조사할 충분한 시간이 있었기 때문이었다.

이하가 카렐린에게 샤즈라시안 권력 구도에 대해 듣고 있을 때, 그는 몇 가지 포인트를 비교했다.

"이번에도 유리창이랑 피격이었습니까?"

"그래. 뭐, 나야 이제 두 번밖에 못 봤지만 저 정도의 능력이 있으면 더 많은 방법으로, 다양한 저격이 가능할 텐데…….어째서 한 가지 방법만 고집하는지는 모르겠다."

대통령 저격과 마찬가지로 유리창을 깨고 들어온 각도와 피격 각도의 차이가 너무 급하다는 점은, 엘리자베스가 이번에도 근거리에서 저격했다는 것을 의미한다.

"어차피 반장님께서 찾을 때까지 아무도 몰랐으니까, 앞으로도 쭉 모를 거라 생각하지 않았을까요?"

"아니. 그 정도의 실력자가 이렇게 허술하게 할 리가 없어."

"……이렇게요?"

"그래. 흐흐."

김 반장의 여유로운 태도에 이하는 더 이상 따져 묻지 않았다. 군 시절부터 그의 습성은 변하지 않았음을 알고 있다.

"뭔가 찾으신 거죠?"

김 반장이 자신을 놀리길 좋아하지만, 그 놀리는 행동 뒤에는 언제나 자신을 달래 줄 무언가가 있었으니까.

미소년의 모습이면서 뒷짐을 지고 걷는 '아재'의 얼굴에는 미소가 지어져 있었다.

"응. 게다가 이번에는 불과 몇 시간도 안 지난 사건이잖냐. 벌써 사라졌다 해도 흔적은 남았을 거야."

"저, 정말요? 아예 위치까지 특정하신 거예요?"

"뭐, 그건 가 봐야 알겠지."

"그럼 서두르셔야죠! 기사단이나 경비대가 수색 나갔다가 찾으면―."

"이 세끼가. 방금 이 나라의 권력자라고 봐도 무방한 인간이랑 시비 털고 나왔으면서, 그렇게 바로 가자고? 느긋하게 한 바퀴 구경하고 가자. 뒤 돌아보지 마라."

김 반장이 무슨 말을 하는지 깨달은 이하가 뒤를 돌아보려는 순간, 그가 먼저 말했다.

돌아가던 목이 덜컥, 멈추고 나서야 이하는 부자연스러운 행동으로 걸음을 옮겼다.

'과연……. 역시 카렐린 씨야. 진짜 외모랑 하나도 안 어울리는 철두철미함이 좋다니까.'

카렐린은 이하와 김 반장을 가도록 내버려 두었다. 그러나 두 사람을 완전히 시야에서 지우진 않을 것이다.

방해는 않더라도 두 사람이 얻어 내는 정보를 같이 습득하기 위한 '꼬리' 정도는 붙이는 게 당연한 일이다.

"반장님."

"뭐냐."

"반장님에 대한 존경심이 새삼 솟구치는 거 아세요?"

"이 새끼가? 그건 원래 MAX 상태로 유지되고 있어야 하는 거 아냐?"

"으흐흐, 진심입니다."

그러나 추측이 아니라 실제로 미행이 붙었음을 김 반장은 어떻게 알았을까.

쉬이 느껴지지 않는 저들의 기척을 그는 이미 잡아내고 있었다면…….

'이보다 더한 현장의 경험이 있다는 뜻으로밖에 볼 수 없지.'

김 반장도 이하의 생각을 읽고 있다는 듯 더 이상의 질문은 받지 않겠다는 태도로 걸음을 재촉했다.

"으음, 근데 반장님은 저 꼬리 떼어 낼 수 있으십니까? 인파에 섞이기에도— 여기는 대부분이 자이언트 종족이라 눈에 띌 겁니다."

이하 홀로 몸을 숨기는 것에는 여러 방법이 있다. 그러나 김 반장은 과연 어떻게 할 것인가.

'코주부 안경'을 활용할까 잠시 생각했으나, 김 반장도 호락호락한 인물은 아니었다.

"이 고양이 종족이 신기해서 골라 본 거긴 하다만, 종족 특성으로 배울 수 있는 기술이 있더구나. 애초에 투명이나 은신이 아니라 뭐, 상관없을 거다."

"미야우 종족의 특성이라면……."

"도시 서북쪽 언덕에 숲, 40분 후에 거기서 보자. 〈고양이의 발걸음〉."

샤아아아아……

이하는 잠시 눈을 끔뻑거렸다.

김 반장은 자이언트 사이를 헤치며 나아갔다. 분명 그의 모습은 보였다.

투명화나 변신도 아니었건만 어느 순간 그 움직임을 눈으로 좇기 힘들 지경이 되었다.

마치 모기나 파리를 눈으로 좇다가 어느 순간 갑작스레 그것들을 놓쳐 버리는 것처럼.

김 반장의 모습을 놓친 것을 깨닫고 주변을 둘러보았을 때, 이하는 다시 그를 찾을 수 없었다.

개활지에서는 사용하기 어렵겠지만 이처럼 인파가 많은 곳에서는 확실히 효과적인 스킬이리라.

"……진짜 존경심 팍팍 드네."

미야우 종족이라고 모두 배우는 스킬일 리가 없다.

그는 미야우 종족 머스킷티어라는 독특한 조합으로 활동하며, 미야우 종족의 마을 등을 거치고 자신의 직업적 특성을 살릴 수 있는 스킬을 배웠을 것이다.

"나보다 더 게임을 재미있게 하시는 것 같아, 참 나. 〈녹아드는 숨결〉."

노장은 죽지도 사라지지도 않았다.

오히려 더욱 기상천외한 변화를 받아들이며 다시금 살아나고 있었다.

"……마나 탐지로 잡히지 않습니다."

"〈디텍트〉에도 걸리는 은신은 없습니다. 각 검문소들이 비상 경계를 서고 있긴 하지만 찾을 수 있을는지는…… ."

"제길. 알았다, 보고 드리지."

이하까지 사라지고 약 10여 분 후, 자이언트 세 명이 얼굴을 찌푸렸다.

Geschoss 8.

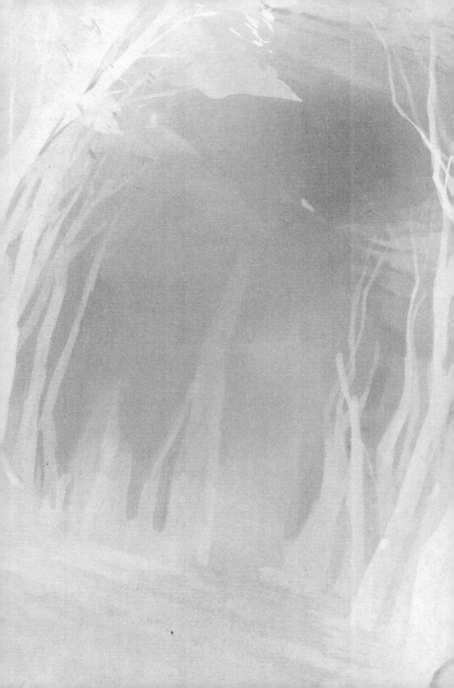

김 반장이 말했던 언덕은 제법 **빽빽**한 숲이 자리하고 있었다.

잎도 무성하여 특별한 관찰 스킬이 없는 유저들이라면 나뭇가지 위에 자리한 김 반장을 놓쳤을 것이다.

물론 〈꿰뚫어 보는 눈〉의 이하가 그럴 일은 없었다. 이하는 김 반장이 있는 곳으로 조용히 올라가 스킬을 해제했다.

"반장님."

철컥─!

화들짝하는 반응 따위를 기대하며 놀라게 해 줄 속셈이었으나, 정작 이하는 부릅뜬 눈의 김 반장과 그가 들고 있는 총구를 마주해야만 했다.

"저, 접니다."

아무리 놀라더라도 반격부터 준비하는 김 반장.

이하는 역시 그가 참군인이라는 생각이 들었다. 그리고 조금쯤은 만족스러웠다.

"시발놈이, 놀랐잖아! 어휴, 간 떨어질 뻔했네."

어쨌든 그를 놀라게 만드는 데에는 성공했기 때문이다.

김 반장은 재빨리 총기를 치운 후 이하가 앉을 자리를 만들어 주었다. 제법 굵은 나뭇가지 위에는 두 사람이 걸터앉기 충분한 공간이 있었다.

"근데 넌 어떻게 발소리도 안 내고 오냐? 바스락거리는 소리 정도는 들을 수 있을 줄 알았는데……."

젤라퐁의 촉수를 활용하여 인간의 발자국이나 보폭의 규칙성을 남기지 않았고 소리 또한 이하가 직접 걷는 것보다 훨씬 작았으므로 김 반장은 알 수 없었던 것.

"흐흐, 다 그런 게 있습니다. 그나저나 여기입니까? 엘리자베스가 쏜 곳이?"

이하는 비밀을 굳이 말해 주지 않은 채 화제를 바꿨다. 김 반장도 굳이 더 캐묻지 않고 고개를 끄덕였다.

"정확히 여기는 아니지만, 어쨌든 이 숲 어딘가에서 쐈어. 저쪽에 내성 보이지?"

"오…… 그러게요. 여기라면 〈커브 샷〉이 적용되는 지점을 명확하게 파악하겠는데요?"

물론 가까운 거리는 아니었다.

거의 1km 가까이 떨어져 있었으므로 일반적인 유저들의 기준에서는 어마어마한 거리라고 봐도 좋았다.

그러나 저격수들에게 1km 거리라면 '가장 이상적인 포인트' 정도밖에 되지 않는다. 현실에서 저격의 최유효 거리라고 할 수 있는 수준이 바로 1km 이내이기 때문이다.

'하물며 엘리자베스 정도의 능력자라면— 아니, 엘리자베스까지 갈 필요도 없다. 여기 미들 어스 안에서 1km는 나한테도 우스운 거리야.'

스코프를 사용할 필요도 없다. 시야가 제한되는 스코프 속 광경이 아니라도, 〈독수리의 눈〉 유사 스킬만 사용해서도 훨씬 넓은 시야를, 스코프보다 훨씬 명확하게 확보할 수 있지 않은가.

"으음, 다음으로 찾아야 할 건 제일 부자연스러운…… 오히려 '부자연스럽게' 자연스러운 위치를 찾는 건가요?"

"오호? 아직 그런 건 기억하고 있고만?"

이하의 물음을 들으며 김 반장은 놀란 얼굴을 했다. 저격수의 흔적을 찾는 것은 결코 쉬운 일이 아니다.

그러나 사람인 이상, 그리고 사격을 했다면 반드시 주변에 남는 흔적이 있다. 당연히 탄피 따위를 흘리고 갔을 테니 그것을 찾으라는 의미는 아니었다.

저격의 한순간을 위해 오랜 시간 몸을 두었을 만한 장소.

저격을 위해 대기하던 자리는 분명 주변과 약간의 차이가 있을 수밖에 없다.

그것을 가장 잘 아는 건 저격수 본인이다.

따라서 저격수는 자신이 대기했던 증거를 남기지 않기 위해 그곳을 '아주 자연스럽게' 만들어 놓고 이동하는 습성이 배어 있다.

"기본 아니겠습니까, 기본. 흐흐. 예전에 실전 훈련 때에도 반장님 흔적을 찾느라 고생했던 걸 생각하면—."

"이 셰끼가? 정확히 말해야지! 넌 엄밀히 말해서 내 흔적을 찾은 적은 없어! 크흠, 내가 몇 번 봐준 걸……."

"에이, 이제 와서 무슨 말씀을—."

"진짜야 이눔아! 그리고 적은 일류 아니냐. 자신이 사격했던 자리의 흔적을 완벽하게 지우지 않았을 거다."

"네? 아……."

반대로 일류 저격수라면 그런 것조차도 역이용한다는 의미였다.

김 반장과 이하는 엘리자베스가 있었을 법한 자리를 찾아 돌아다녔다.

단순히 근처 수풀뿐 아니라 나무 위에서 쐈을 가능성도 생각해야 한다. 만약 내성을 바로 본 게 아니고 무언가에 비춰서 보았다면 그 범위는 더욱 넓어진다.

어디 즈음에서 쐈을 것이다, 라는 건 찾아내기 쉬웠지만 정확한 흔적에서부터 그녀를 역추적한다는 건 결코 쉬운 일이 아니었다.

한 시간의 수색 따위로는 아무런 단서도 얻을 수 없을 지경이었다.

김 반장은 나무에 등을 기대고 털썩 주저앉아 버렸다.

"빌어먹을, 못 해 먹겠군."

"에이. 반장님, 벌써 그러시면 안 되죠. 미들 어스라 체력적인 부담도 덜 하실 텐데 벌써 늙었다는 말씀을 하시려고―."

"그게 아니다, 멍청한 놈."

이하가 슬쩍 자극해 보려 했지만, 김 반장이 행동을 멈춘 건 그런 이유가 아니었다.

이하는 자신을 바라보는 그의 눈길을 느끼고 있었다. 그 안에 담긴 감정은 '한심하다'는 것이었다.

"왜…… 그렇게 보세요?"

"캬하, 너는 정말……. 나를 그만큼 신뢰하는 건지, 어쩐 건지 모르겠다. 아니면 실전 경험이 없어서 그런가."

"네? 갑자기요?"

"카렐린 씨랑 대화하느라 정신없었다는 건 인정하겠는데……. 너 저격수라는 자식이 피해자 사체 한 번 안 뒤져 보냐?"

"그, 그거야―……죄송합니다. 정신이 없었습니다."

살필 새도 없이 카렐린과 틀어지는 바람에 빠져나온 게 아니었던가.

이하는 변명하고자 했으나 실제로 김 반장의 말이 틀린 것도 아니었다.

김 반장이 보는 건 자신이 보는 것보다 더 나은 결과를 가져올 거라 믿었기에 그저 믿고 맡겼던 부분도 있다.

언제나 자신의 눈으로 확인하라는 김 반장의 가르침이 있었기에 이하는 순순히 잘못을 인정했다.

만약 변명이라도 했으면 더욱 큰 호령이 떨어졌을 걸 이하는 잘 알고 있었다.

김 반장은 혀를 차고 있었으나 그래도 이하의 태도에 만족한다는 듯 마침내 입을 열었다.

"이번 한 번만 알려 주마. 탄자, 그러니까 탄두가 없었다."

"네? 탄두가 없었다뇨? 아! 빼낸 거 아니에요? 군의관 NPC라든가 뭐, 그런……."

이하는 김 반장을 향해 말하다 말고 위화감을 느꼈다.

외과 시술이 가능한 NPC?

힐러가 있는 이곳에서 그런 건 필요가 없다.

하물며 사체는 정리되지도 않은 상태였다.

접근 금지 띠를 제외하고는 그 누구도 건드리지 않았던 그 상황에서, 탄두를 빼낼 여유가 있었을까?

"아니면 몸 안에 박혀 있었다거나—."

"아니, 관통상이었어. 어디 벽에 가서 날아가 부딪쳤거나, 벽에 박혔거나 하다못해 벽에 부딪치며 산산조각이 났다 해도, 그와 유사한 파편이라도 있어야 한다. 그 모든 게 없었어."

"탄두라는 개념이 없다는 말씀이신가요? 무언가 그냥, 마법사들 스킬처럼 마나의 덩어리가 날아갔다는 의미입니까?"

마법사들의 스킬은 지속 시간이 끝나면 사라진다.

스킬의 효과는 남아 있겠지만 해당 스킬 자체의 흔적이 물리적으로 남아 있을 순 없다.

블리자드 정도의 대규모 스킬이 사용되었다 해도 끝났을 땐 내리꽂힌 얼음 조각이나 쌓인 눈이 있을 뿐, 하늘의 먹구름 따위는 순식간에 사라지니까.

이하의 물음을 들으며 김 반장은 어깨를 으쓱했다.

"그건 모르지. 하지만 이번 현장까지 보고 나서 확신한 건 있다. '왜 가까이서 쐈을까' 하는 점이지."

"그건…… 반장님께서도 말씀하셨잖아요. 명중률 때문에 그랬을 거라고. 흔적을 숨길 수 있고, 탐지에 걸리지 않는 능력이 있다면, 굳이 사거리의 위험부담을 지지 않을 거라고—."

"탄두가 없다는 걸 알기 전에는 그랬지. 하지만 탄두가 남지 않을 정도라면 문자 그대로……. 우리는 그 저격수의 존재를 알 수조차 없다. 무슨 뜻인지 모르겠냐?"

"아……."

이하는 갑작스레 삐뜨르의 말이 생각났다.

마왕군 소속 유저들이 언데드 삼총사에 대해 평가했을 때, 엘리자베스를 향해 했던 말이 있지 않은가.

'볼 수 없다⋯⋯? 맞아. 실제로 로페 대륙에서 문제를 일으키는 게 삼총사라는 전제를 알고 있기 때문에—.'

샤즈라시안에서 일어난 일이 '엘리자베스의 짓'이라고 말할 수 있는 것이다.

만약 그런 정보조차 없었다면?

샤즈라시안의 그 누구도 엘리자베스를 보지 못했다.

죽어 나간 NPC들에게서도 엘리자베스가 사용했을 법한 무기. 즉, 탄두조차 발견되지 않았다.

'즉⋯⋯ 범인은 엘리자베스라고 말할 수조차 없는 거야.'

불현듯 이하는 머리가 아찔해지는 것을 느꼈다.

지금 자신이 쫓고 있는 대상은 진짜 엘리자베스가 맞는 걸까?

김 반장은 이하가 무슨 생각을 하는지 알고 있다는 듯 말했다.

"아마 엘리자베스는 맞을 게다. 하지만, 내가 지금 갖는 의문은 그게 아니야."

"그럼요?"

"여차하면 '아무런 흔적조차 남기지 않을 수 있었던' 사람이⋯⋯. 〈커브 샷〉이고 지랄이고, 그딴 거 없어도 어차피 엘리자베스라는 증거조차 남지 않게 할 수 있었던 사람이!"

김 반장은 돌연 자리에서 일어섰다.

철컥―!

그러곤 빠르게 장전하며 주변을 겨누었다. 이하는 갑작스러운 그의 이상 행동에 잠시 어리둥절했으나 김 반장은 진지한 태도로 숲 곳곳을 겨누는 중이었다.

"바, 반장님?"

"왜 굳이 〈커브 샷〉 따위의 흔적을 남기고! 왜 굳이 '근거리에서 저격했다'라는 추측을 할 수 있게 만들어 놨냐, 이거지!"

목청 높여 소리 지르는 그를 보며 이하도 마침내 김 반장과 같은 생각에 도달했다.

그는 지난 한 시간 동안 엘리자베스를 찾은 게 아니었다.

"할 말이 있어서 그런 거 아뇨?! 저격수 양반! 나오시지!"

엘리자베스를 기다리고 있었던 것이다.

사아아아아……

바람이 불었다.

나뭇잎들이 바람에 쓸리는 소리가 한바탕 났을 즈음 이하는 등 뒤가 서늘해지는 기분을 느껴야만 했다.

그것은 단지 기분만이 아니었다.

이하는 자신의 뒤통수에 닿아 있는 딱딱하고 차가운 물질이 무엇인지, 굳이 돌아보지 않아도 알 수 있었다.

"하이하, 네가 저런 말을 해 주길 기다렸는데. 아무래도 또 다른 사람인걸……? 누구니?"

"엘리자베스······ 선배."

〈꿰뚫어 보는 눈〉으로 그 어떤 흔적도 볼 수 없었던, 언데드 삼총사 중 한 명이 이하의 머리에 총구를 겨누고 있었다.

김 반장은 '팔'자가 들어가는 모든 종류의 욕을 지껄이며 총구를 내렸다.

"오케이. 공격 의사 없습니다. 이제 됐나?"

김 반장은 공격 의사가 없다는 걸 보였으나 엘리자베스의 총구는 이하의 뒤통수에서 떨어지지 않았다.

그러나 김 반장도, 이하도 반발하진 않았다.

공격 수단이 총만 있는 게 아닌 이상, 총구를 치웠다고 하여 공격의 가능성이 사라지는 게 아니었으니까.

엘리자베스는 완벽하게 자신의 안전을 담보로 삼을 수 있는 대상. 즉, 이하를 놓치지 않을 것이다.

"후훗. 재미있는 고양이네. 실력도 하이하, 너보다 결코 낮은 것 같지 않고 말이야."

"제 저격, 크흠, 스승님입니다."

"어머나······ 그렇군. 리스보다 어려 보이는 데다가 지난 전쟁에서 활약도 안 한 것 같은데. 하긴, [명중]이라는 건 꼭 전쟁을 겪어야 하는 게 아니지. 숲속의 사냥꾼 중에서도 나보다 뛰어난 사수가 있을 테니까."

엘리자베스는 놀란 목소리로 말하고 있었다.

이하는 그녀의 얼굴조차 볼 수 없었다.

―반장님, 외형은요?

―웃기게도 생겼군. 지금 니 대가리에 대고 있는 건 총이
아니야.

―네?

―팔……. 양팔이 총기 형태로 합쳐져 있어. 무슨 SF 만화
에서나 볼 법한 생김새인데.

다행히 김 반장은 엘리자베스를 마주 보고 있었으므로 이
하도 그녀의 모습을 추측할 수는 있었다.

분명 어깨에서 뻗어 나오는 양팔의 모습이지만 어느 시점
부터 하나로 합쳐져 기다란 막대 모양을 이루고 있는 형태.

그 끝이 이하의 뒤통수에 닿아 있었으므로, 당연히 그것이
총기라는 건 알 수 있었다.

―총기는 무광 흑색……. 신체 전체적으로도 새카만 모습
이다. 빌어먹을, 저게 옷인지 피부인지 모를 정도로 경계선도
없는 데다 얼굴은 거의 석고상처럼 허여멀겋군.

거기에 완전히 언데드의 특징을 갖춘 모습까지…….

이하는 김 반장의 설명을 들으며 마른침을 삼켰다.

불행 중 다행이라면 김 반장의 예상대로 그녀는 '일부러' 자신의 흔적을 찾을 수 있게끔 만들어 놓았다는 것이고 그 행동에는 반드시 의도가 있을 거라는 점이었다.

"저를……. 기다리신 겁니까?"

"맞아. 네가 여기에 있다는 건, 리스와 브라운은……. 안식을 되찾았다는 의미겠지?"

"그렇습니다."

"그래, 다행이구나."

엘리자베스는 안도의 한숨을 내쉬었다. 생각할 시간이라면 지금밖에 없다.

'〈플래티넘 쉴드〉를 쓰면 한 방에 죽진 않을 거다. 반장님과 호흡만 잘 맞추면 어떻게든 반격할 기회가 생길지도 몰라.'

플래티넘 쉴드와 젤라퐁의 조합은 카일의 공격조차 버텨 낸 경력이 있다.

엘리자베스가 강하다지만 카일만 하지는 못할 거라는 게 이하의 판단이었다.

즉, 한 발만 받아넘길 수 있다면 그다음부터는 무엇이든 할 수 있지 않을까.

〈마나 증발탄〉의 활용과 〈단 하나의 파괴〉, 그게 아니라도 마왕군 유저들에게서 얻은 각종 상태 이상류 스킬은 수없이 많다.

마나 증발탄처럼 탄착 범위 이내 전원의 눈을 멀게 하는 것
도 있고, 목표물이 딛고 있는 대지 3m 반경 안에 명중시키면
식물의 뿌리가 발을 묶어 놓는 스킬 형태도 있다.

이하는 엘리자베스와 싸울 각오를 했다.

어차피 그녀에게서 별다른 정보를 얻어 낼 수는 없을 것이다.

하지만 놓친다면?

〈꿰뚫어 보는 눈〉에 비치지도 않았던 그녀를 다시 찾는 건
불가능할지도 모른다.

싸우는 게 맞는다. 움직여야 한다.

그러나 이하는 쉽게 움직이지 못하고 있었다.

'젠장, 총구가 닿아 있다고 이렇게 쫄아? 스킬을 쓰면 돼.
버틸 수 있을 거라니까. 쫄지 말고—.'

겁에 질린 자신을 독려해 보려 하지만 이하는 여전히 움직
일 수 없었다.

그것은 김 반장의 눈에서도 읽을 수 있는 사실이었다.

그는 고개조차 젓고 있지 않았다. 이하가 움직이려 한다는
걸 엘리자베스에게 노출시킬 수는 없었으니까.

그러나 고개를 젓거나 귓속말을 하지 않아도, 이하는 그의
눈빛에서 죽음의 그림자를 읽을 수 있었다.

네가 무슨 생각을 하고 있든, 움직이는 순간 죽을 거다.

무엇보다 엘리자베스의 목소리가 더없이 평온하다는 점에서, 그녀가 이하 자신과 김 반장 두 사람을 얼마나 '쉽게' 생각하는지도 느낄 수 있었다.

두 사람이 무슨 수를 써도 이 자리에서 엘리자베스를 죽일 순 없을 것이다.

이하는 잠시 뜸을 들였다.

반격으로 잡을 수 없다면, 다른 방법이 있지 않을까.

아직 엘리자베스가 말은 하고 있지 않지만 그녀가 궁금해 하는 게 무엇일까?

이하를 기다린 이유는 브로우리스와 브라운의 사망 소식을 물어보기 위해서가 아니리라.

"카일은…… 자미엘에 잠식되었습니다, 대부분."

이하는 자신의 뒤통수에 닿은 총구가 움찔거리는 걸 느낄 수 있었다.

그녀가 이하를 기다린 이유, 그것은 당연히 카일의 소식을 듣기 위함일 것이다.

"외형의 변화가 일어날 정도라고 했습니다. 눈이 푸르게 물들거나, 갑작스레 노년의 모습으로 변해 보이기도 한다고 했습니다. 이것 또한 제법 시간이 지난 일이니 지금은 자미엘의 잠식이 더 진행됐을지도 모르죠. 무엇보다 전투 스타일이 변했습니다."

이하는 잠시 호흡을 고르며 엘리자베스의 반응을 기다렸다.

그러나 엘리자베스는 말도, 행동도 보이지 않았다. 이하는 다시 말을 이었다.

"제 추측으로는— 아마 자미엘을 통해 '역대 마탄의 사수가 사용했던 경험'을 체득했다고 보여지더군요. 지금은 제가 카일에게 접근조차 할 수 없습니다. 저로서는…… 저격은커녕 시야조차 확보할 수 없었습니다."

엘리자베스는 여전히 조용했다.

언데드로 되살아났기 때문일까. 더 이상 '아들'의 이름을 들어도 아무런 반응이 없는 것일까.

'아니야. 전례가 있다. 키드도 명확히 파악하지 못했지만, 브로우리스는 분명 키드와 대화 중 '어떤 키워드'에 반응한 걸 거야. 엘리자베스도 그 키워드만 건드려 준다면……'

스스로 죽음을 택하지 않을까.

이하는 지금 이 자리에서 물리적으로 엘리자베스를 죽일 수 없다면, 그녀의 감정에 호소하여 브로우리스와 같은 선택을 하게끔 만들려는 작정이었던 것이다.

그리고 그 키워드가 될 가능성이 높은 단어는 역시나 카일이었기에, 이렇게 계속 말을 하는 중이었다.

"브로우리스 소장님과 브라운 선배님은……. 그 명예에 손상이 가지 않은 채, 영면에 들었습니다."

"잘됐네. 우리들에게 이제 명예라는 게 남아 있는지도 모르겠지만."

"키드와 루거는 각각 두 분을 상대한 후, 무언가를 얻었다고 했습니다. 두 분이 안식에 들며 일종의 유지遺志를 남긴 셈이라고 저는 봤습니다."

겨우 한마디의 답변을 이끌어 낸 후 이하는 호흡을 가다듬었다.

"카일을 위해서라도. 선배님께서 결단을 내려 주실 순 없겠습니까."

자살하라.

완곡한 표현이었지만 그것을 못 알아들을 NPC가 아니다. 김 반장도 이하가 무슨 이야기를 하는지 이해할 수 있을 정도였다.

하나 그렇게 쉽게 죽을 것인가.

카일을 들먹이며 그녀를 설득한다고 그런 선택을 할 것인가.

이하는 여전히 엘리자베스를 보지 못했지만 김 반장은 이하의 머리에 총구를 겨눈 그녀를 보고 있었다.

'표정 하나 변하지 않았어.'

따라서 알 수 있었다.

엘리자베스는 그런 선택 따위를 할 리가 없다. 김 반장이 느끼기에, 오히려 엘리자베스의 표정은⋯⋯.

'웃고 있다. 미소? 여유?'

살포시 올라간 입꼬리에 인간 같지 않은 외모까지. 김 반장은 마치 악마를 보는 기분이었다.

마탑의 사수

"하이하."

"네, 선배님."

"나에게 주어진 명령은 〈샤즈라시안을 분열시켜라〉야. 그리고 나는 그 임무를 수행 중이지. 다행히 지금은 '추가 명령'이 없어."

"네?"

언뜻 밝은 목소리로까지 들리는 그녀의 말을 이하는 쉽게 이해할 수 없었다.

"즉, 너를 죽이는 데 아무런 제약도 없다는 의미야."

김 반장은 여전히 두 손을 들어 올린 항복 상태였지만 그 팔은 조금 전보다 내려와 있었다.

최악의 상황에 대비는 하되 적을 자극하지는 않을 정도의 미세한 움직임이었지만 그런 반항도 곧 그만두어야만 했다.

김 반장도 자신의 귀를 의심할 수밖에 없는 말을 들었기 때문이다.

"게다가, 후훗, 꼴은 조금 우습게 되었지만……. 엄청난 힘도 얻었어. 상상할 수 있니? 얼마 전에 테스트해 보니까 나는 23km까지 가능하더라. 총성도 없이 말이야."

"그런……."

"23km? 무슨, 미친……."

이하와 김 반장은 반응조차 제대로 할 수 없었다.

"너도 지금쯤 10km는 넘었겠지만, 아마 저격으로 날 죽이는 건 어림도 없을 거야. 〈커브 샷〉은 어떨까? 너 얼마나 꺾을 수 있게 됐니? 후훗, 지금의 내가 쏘는 탄이라면 대미궁을 열 배로 확장시켜도 충분히 탈출할 수 있을 거야. 보지 않아도 알 수 있어."

엘리자베스는 소녀처럼 말하고 있었다.

꺄르륵, 웃기까지 하며 말하는 그녀의 말이 진실인지 검증은 해 보아야 한다. 스스로 털어놓는 정보라면 거짓이 섞여 있을 게 당연하지 않은가.

그러나 말문이 막힌 이하와 김 반장 모두 다른 생각을 할 수밖에 없었다.

그녀의 말이 거짓일까?

"심지어 내가 쏘아 내는 탄은, 나의 몸 그 자체야. 탄두도, 탄피도 필요 없어. 편리하지 않니? 이런 능력이 있다는 것에 나는 새삼 감사한걸?"

엘리자베스는 여전히 소녀의 목소리로 말했다.

그리고 그때가 되어서야 이하와 김 반장도 알 수 있었다.

지금 이 말은 거짓이 아니다. 말 그대로 어린아이가 새로운 장난감을 자랑하고 있을 뿐이다.

일그러진 김 반장을 흘끗거린 후, 엘리자베스는 이하에게 말했다.

"하이하, 나는 너에게 카일을 편하게 만들어 달라고 부탁했었지."

"……네."

"그럼 나를 죽여 봐. 지금의 나도 이길 수 없다면 너는 영원히 카일을 이길 수 없어."

엘리자베스의 선언을 들으며 김 반장은 작은 한숨을 내쉬었다.

'23km라…….'

이제 이하는 시야만 확보된다면, 김포공항에서 강남역 한복판에 있는 사람을 죽일 수 있는 사람과 저격전을 펼쳐야만 한다.

이하와 김 반장은 엘리자베스가 사라진 후에도 한참이나 자리를 뜰 수 없었다.

그녀는 이하를 기다린 게 맞았다.

그러나 이하의 손에 쉽게 죽어 주기 위함은 아니었다.

"전 세대 삼총사나 카일의 이야기를 들으면 뭔가 변화가 있을 줄 알았는데. 결국 뭐 하러 남아 있었던 걸까요? 자기 과시?"

"쩝, 꼭 그것만은 아니겠지. 카일……. 그놈의 이야기를 듣기 위해 남아 있었던 건 분명할 거다. 아니, 정확히 말하자면 카일의 이야기를 듣기 위함이 아니라……. 으음."

김 반장은 잠시 어울리는 단어를 생각했다.

이하도 그가 어떤 이야기를 할지 감은 잡을 수 있었다.

엘리자베스가 마지막으로 말한 건 결국 '카일을 편하게 해 주어라'이지 않은가. 그리고 그녀는 그녀 스스로를 '과정'의 일부로 생각하고 있다.

"테스트라는 거겠죠. 아니, 〈통과 의례〉라는 표현이 낫겠네요."

"그렇지! 내 말이 그 말이야. 이게 무차별 살육전이었다면 정보를 알려 주는 멍청한 일은 하지 않겠지. 그녀 정도의 저격수가 말이야."

아직까지 '제약'이 없을 때, 하루라도 빨리 만나기 위해 근거리 저격과 〈커브 샷〉이라는 모험을 해 가면서까지 그녀는 이하를 기다렸다는 뜻이다.

이하를 만나 자신의 목적과 능력에 대해 알려 주기 위해서.

'제약은 아마도 파우스트가 걸어 놓는 거겠지. 아직 마왕 군 페널티 때문에 접속을 못 하고 있는 걸 다행이라고 해야 하나.'

파우스트가 실시간으로 삼총사를 조종하며 목적에 대한 우선순위나 기타 등등의 추가 명령을 전달했다면?

당연히 이런 기회는 있지도 않을 것이다.

삐프르가 파우스트를 죽인 시점이 며칠만 미뤄졌어도 브로우리스가 키드와 승부를 받아 준 일도 발생하지 않았을 가능성이 높다는 의미이기도 했다.

모든 일이 얼기설기 엮여 있다는 점에 이하는 묘한 공포를 느꼈다.

그것은 김 반장도 마찬가지였다. 그는 엘리자베스의 '기능'에 대해 순수한 감탄을 내뱉었다.

"시팔, 중요한 건 그 여자가 괴물이라는 거다. 눈에 안 보이는 점이야 그렇다 쳐도, 니미럴, 23km가 말이나 되는 거야? 아무런 장비도 없는 개인의 몸으로 그런 공격을 할 수 있다는 게 이미 비대칭 전력이라고. 웬만한 자주곡사포만 한 사거리를 어떻게 저격해!"

육중한 자동화 장비가 있어야 하거나, 경량형 장비라도 몇 명의 사람이 붙어야 낼 수 있는 사거리.

그것을 그녀는 홀로, 그토록 가벼운 몸으로 해낼 수 있다.

이하도 김 반장의 말을 들으며 한숨을 내쉬었다.

"그리고 '그렇다 칠' 일이 아닙니다. 제 눈에도 보이지 않는 투명화 스킬이라면, 아마 누구도 못 본다고 해도 과언이 아닐 테니까요."

"대미궁이 뭔지는 모르겠지만, 탄두를 휘게 하는 것도 몇 번이나 가능하다지 않냐."

그런 화력으로 투명화까지 가능하다면 엘리자베스를 먼저 발견해서 죽이는 일은 사실상 불가능해진다는 뜻이기도 했다.

엘리자베스를 어떻게 잡을 수 있을까.

두 사람은 동시에 주저앉으며 한숨을 내쉬었다.

누가 봐도 불가능해 보이는 일이다. 애당초 투명화 상태에서 어딘가에 자리를 잡고 있다면, 이하는 걸어가다가 머리가 터져 죽을 것이다.

23km 밖의 저격이라는 건 그런 의미였으니까.

언뜻 불가능해 보이기만 했어도 이하는 불안하지 않았다.

"저격수의 꿈이라고 봐도 좋은 존재를 죽여야 한다……. 그것도 저격으로. 그걸 죽이면 내가 저격수의 꿈 같은 존재가 되는 셈이구만."

"죽이는 건 제가 할 거지만요."

"이 셰끼가? 전쟁터에서 양보는 없다?"

이번 저격전이 압도적으로 불리하지 않은 이유는, 그동안의 1:1과 달리 2:1이라는 점이었으니까.

김 반장과 함께라면 분명 가능성은 있을 것이다.

'무엇보다 23km를 전부 활용할 수는 없을 거야. 〈커브 샷〉에 대해서 보지 않아도 알 수 있다곤 했지만, 애당초 목표물의 위치를 파악할 정도의 시야가 나오질 않으면— 말짱 꽝이야.'

아마 이하가 위협적으로 느낄 정도의 사거리는 10km 전후가 될 것이다. 결코 20km를 넘을 순 없다.

'그것도 여기, 샤즈라시안이라면 말이지.'

설산, 설원의 지형이 많은 이곳에서 20km의 시야를 확보하는 건 결코 쉬운 일이 아니다.

막연하게 생각하면 불가능해 보일지 몰라도, 현실적으로 하나씩 소거해 나가면 된다.

적의 가능성을 지우는 게 첫 번째 일.

그리고 자신의 가능성을 키우는 게 두 번째 일이다.

이하의 눈을 가만히 들여다보던 김 반장이 말했다.

"시간 여유는 없지만 마음 차분하게 먹어라."

"네, 반장님. 아마 다음부턴 이런 식으로 모습을 드러내 주는 경우는 없겠죠. 그리고 엘리자베스를 찾으려면……."

"적잖은 시간이 필요할 거다."

"장비도 필요할 거고요."

능력의 측면뿐만 아니라, 심리적 측면에서 이하는 확실한 서포트를 받고 있는 셈이었다.

당장 90여 일도 남지 않은 마왕 부활이었지만 이하와 김 반장은 천천히 그러나 확실하게 엘리자베스를 죽일 준비를 해야 했다.

첫 번째 목표가 되는 곳은 역시나 퓌비엘의 '성스러운 그릴'이었다.

더 이상 카렐린의 협조를 기대할 수 없는 지금, 엘리자베스가 노릴 목표는 누가 될 것인가.

퓌비엘의 정보 길드로써 '성스러운 그릴'은 샤즈라시안 연방에 대한 정보도 상당히 보유하고 있을 것이며, 시시각각 변하는 권력 구도에 대해서도 파악하고 있으리라.

단순히 정보 길드의 NPC라서 시스템으로 모든 걸 파악할 순 있겠으나, 상관관계가 있는 사항일수록 정보의 정밀도는 높아지고 이하에게 전달되는 시간도 짧아진다.

"이틀이면 충분하지요."

"역시 마담입니다. 그럼 부탁드려요!"

성스러운 그릴에서 충분히 만족스러운 답변을 들은 다음에야 이하와 김 반장은 보틀넥 대장간을 향했다.

그는 이하와 김 반장의 말을 들으며 한껏 인상을 찌푸렸다.

"……뭐라고?"

"으음, 그러니까 강화나 합성이 아니라, 개조를 하실 수 있냐는 말씀이죠."

보틀넥은 특정 아이템에 대한 강화를 할 수 있다.

합성도 할 수 있다.

다만 이하나 김 반장이 생각한 것은 그런 방향이 아니었다.

이미 신화급 아이템이 되어 버린 블랙 베스를 강화나 합성하는 일은 불가능에 가깝거나, 가능하더라도 엄청난 재료와 시간 그리고 노력이 들어야 할 것이다.

"말하자면 현 상태에서 성능을 올리는 게 아니라, 어느 부분을 포기하고 다른 부분의 성능을 늘리는, 뭐, 그런 거 있잖아요."

하지만 개조라면?

100의 성능을 110으로 만드는 게 아니라, 50+50의 성능 분배를 49+51 등으로 바꾸는 작업이라면?

그것은 과연 미들 어스에서 어떻게 취급할까.

"이걸? 나보고? 어떻게?"

"네. 대물 저격총이 파괴력도 강하고, 사거리도 어마어마한 편이라지만…… '진짜 저격수'를 잡을 때 쓰기는 힘들거든요."

"어떻게?"

"탄은 조금 더 작게, 총열은 조금 더 길게. 이론적으로는 그것만으로도 현재의 블랙 베스보다 약 30%의 사거리 증대가 가능해요. 데미지가 좀 줄어들겠지만, 저야 스탯발이 있기도 하고. 아마 괜찮을 것 같거든요. 보틀넥 아저씨의 실력이면 사거리가 더 늘어날 수도 있겠지만, 우선 그 정도로 생각하고 있죠."

"그래서?"

보틀넥은 황당하다는 표정으로 이하와 김 반장을 바라보았다. 두 명의 저격수는 한 명의 대장장이에게 뻔뻔하게 요구했다.

"그래서는 무슨 그래서! 저격수를 잡으려면 당연히 저격수 상대에 특화된 총, LRRS—Long Range Rifle System—가 있어야 한다는 말이요. 보 형의 솜씨라면 틀림없이 가능할 텐데?! 안 되나?"

현재의 아이템, 〈블랙 베스: SASR — Special Application Scoped Rifle —〉은 이번 임무에 적합하지 않다.

필요한 것은 [저격수 잡는 저격총], LRRS의 기능을 다할 수 있는 '새로운 블랙 베스'였다.

"이런 미친놈들이! 쌍으로 아주 그냥!"

보틀넥의 포효가 시티 가즈아에서 우렁차게 울려 퍼졌다.

양손에 망치를 들고 황소처럼 다가오는 드워프를 피해, 인간과 미야우는 대장간 주변을 달리기 시작했다.

"구조에 대해서는 금방 조사해 드리면 되는 거 아뇨?! 뭐, 마나! 이런 거 해 가지고 뚝딱뚝딱, 응?!"

"그러니까요! 전용 탄환도 있거든요? 아니, 아니면 원리에 대해서 토론해 보고 더 나아질 수 있는 방향에 대해 함께 고민해 보면 되지 않을까요?"

당연히 LRRS로 개조하는 것에 대한 의견은 계속해서 피력해야만 했다. 미들 어스의 시스템이 이것을 인정하고 받아들일 때까지.

"그 정도 수준의 아이템을 개조하고, 전용 탄환을 만드는 게 어디 쉬운 일인 줄 알아!?"

"푸핫, 아니까 보틀넥 아저씨한테 온 거죠!"

"우하핫! 부탁 좀 합시다, 보 형!"

그리고 대장간을 두어 바퀴 돌 동안 소리를 지르는 보틀넥의 말이 '부정의 포효'가 아니라는 점에서 이하와 김 반장은 웃을 수 있었다.

"22735번 하우스하우스 화면 종료되었습니다."

"또 죽은 거야?"

"아무래도…… 그런 것 같습니다."

람화연은 짜증을 내며 말했으나 오퍼레이터를 향한 짜증은 아니었다.

치요가 마왕군에 가세하자마자 급속도로 변해 가는 그들의 전횡을 참지 못할 뿐이다.

"카일의 형태는 잡힌 거 있어요? 어디서 죽었는데?"

"시티 페클로의 좌표와는 전혀 다른 위치입니다. 주변에 있는 하우스하우스들을 이용해 봤지만—."

"아, 정말 더러워서 못 해 먹겠네. 저런 게 있으면 완전 반칙이라고."

람화연은 푹신한 의자에 털썩 주저앉으며 투덜거렸다. 곁에 있던 블라우그룬도 인상을 찌푸리는 건 마찬가지였다.

"대단한 놈이로군. 과연 마탄의 사수다."

"이 상황에서도 감탄을 하실 수 있다는 것도 놀랍네요."

"놀라운 건 놀라운 것이지. 이번에도 모습을 나타내 주었으면 좋았을걸."

카일은 하우스하우스를 죽이는 중이었다.

람화연은 최초 그 보고를 들었을 당시 이번에야말로 사우어 랜드의 참전을 이끌어 낼 수 있지 않을까 생각했으나 이루어지진 않았다.

하우스하우스들이 죽어 나가기 시작한 이래로 카일은 몇 번이나 그 모습을 드러냈다.

너무나 당당한 모습으로 하우스하우스 앞에 모습을 나타내어 그것을 마주 본 후, 그는 총기를 들어 올려 발포했다.

"어차피 모습을 드러낸 위치와 사망한 하우스하우스의 위치가 다를 텐데요."

그리고 카일을 '촬영'하고 있는 하우스하우스로부터 12km 떨어진 거리의 또 다른 하우스하우스가 죽는 상황이 나타났던 것이다.

황당하고 어처구니없는 그런 행동이 무엇을 뜻하는지 람화연이 모를 리 없었다.

카일은 그 능력을 증명해 냈고 경고한 셈이었다.

'〈사우어 랜드〉의 공룡들에게 말이지. 그것도 대량 학살이 아니라 간혹 한두 마리씩 죽이고 있어. 차라리 시원하게 몰살이라도 시키면 좋겠지만— 그럴 리는 없겠지.'

설령 하우스하우스들을 몰살시킬 정도가 되더라도 사우어

랜드 측은 큰 각오를 해야 한다는 걸 람화연도 알고 있었다.

사우어 랜드의 국왕이 사실상 볼모로 잡혀 있다는 사실을 이하에게 들었기 때문이다.

'그걸 '저쪽'도 알고 있을 텐데. 그럼에도 저렇게 조심스럽게 행동하다니. 으으, 치요, 하여튼!'

애당초 사우어 랜드에 전령을 보낸 게 치요다.

당연히 자신의 협박이 효과가 있다는 걸 알고 있으면서도 치요는 조심스럽게 카일을 통제하고 있다는 뜻이다.

그렇게 야금야금 상대방의 전력을 깎아 먹겠다는 게 그들의 의도라는 걸 알면서도 아무런 대처를 할 수 없다니!

람화연에게 있어 이런 치욕은 인생을 통틀어도 몇 번 겪지 못한 것이었다.

블라우그룬은 잠시 람화연을 보았다.

시시각각 변하는 그녀의 표정이 재미있다는 듯 드래곤은 웃으며 말했다.

"그래도 마탄의 사수의 상태에 대해서라도 알 수 있지 않나. 침식은 어떻게 된 것인지 말이야."

"아, 그렇긴 하네요."

문제는 그것을 안다 한들 별다른 행동을 취할 수 없다는 점이리라.

오히려 과거 신대륙 중앙부를 사수할 때 기준이 되었던 '오염된 세계의 숲'을 기준으로 수 킬로미터 이상 떨어진 곳에서

산개한 채 기다리는 게 〈신성 연합〉 측 유저들이 할 수 있는
전부였다.

기정은 간이 방벽 밖으로 고개를 빼꼼 내밀었다.

창창한 햇살이 초원에 내리쬐고 있건만, 그곳에 유저나
NPC를 위한 자리는 없다니.

"케이, 그러다 탄 날아온다."

엉덩이가 간지럽다는 듯 당장이라도 달려 나갈 표정의 기
정이었지만, 뒤에서 들려오는 혜인의 목소리에 그저 고개를
수그려야 했다.

"으으으! 답답해 죽겠네요, 진짜."

신대륙 중앙부에서 충분히 물러섰음에도 간이 방벽을 만들
어 놓은 이유가 무엇인가.

불과 며칠 전 유저 한 명이 사망하는 일이 발생한 적이 있
었다.

카일의 짓이라는 건 두말할 필요도 없는 일이었다.

"킷킷, 그래도 참으세요. 마탄의 사수가 심심해서 산책 나
왔다가 길마 님 머리를 발견하고 빵! 해 버리면 손해가 이만
저만이 아니라고요."

"어휴. 비예미 씨, 입! 입! 입! 그리고 기정 씨도 얼른 들어

와요. 공격이 계속 있는 건 아니지만 진짜 재수라도 없으면 큰 일이라고요."

〈신성 연합〉의 군세를 충분히 몰아냈다고 판단한 마왕군과 치요—카일 패거리는 이곳까지 적극적인 공세를 펴지는 않고 있었으나, 어쨌든 위험한 짓을 괜히 할 필요는 없는 것이다.

"하하……. 그래도 어쩐지 재미있는데요."

"징경경 씨, 뭐가요?"

"한 사람에게 이렇게 많은 사람의 발이 묶여 있다는 게— 신기하잖아요."

"으으. 바로 그겁니다! 반칙이야, 반칙! 〈세이크리드 기사단〉, 〈베르튀르 기사단〉 같은 최강 집단이 전부 모여 있는데! 겁먹은 햄스터처럼 여기 있어야 한다니!"

카일의 등장으로 루비니와 에윈이 저격당한 이래 〈신성 연합〉은 잠시 흔들렸으나, 신나라와 라르크 등의 훌륭한 수습 덕분에 군세는 많이 줄어들지 않았다.

오히려 당시 시간 부족으로 도착하지 못했던 기사단과 길드 등이 참가한 덕에 전력 자체에는 큰 변동이 없다고 봐도 좋았다.

그것이 오히려 문제였다.

이렇게 많은 전력이 있음에도 기정을 제외하고는 머리를 내미는 자조차 없을 지경이라니.

"으음, 저격수 한 명이 군대의 행진을 늦춘다는 말은 익숙하게 들었다지만⋯⋯. 이 정도 수준의 인원들을 꼼짝 못 하게 만들 줄이야."

"킷킷, 저쪽도 보통 수준이 아니니까요. 하이하이 씨가 꽁무니를 뺄 정도의 저격수를 어떻게 감당하겠어요."

비예미의 날카로운 발언에 기정이 잠시 발끈했으나 더 따지고 들지는 않았다.

실제로 이하는 자신의 패배를 인정했고, 카일에게 대응할 방법을 찾기 위해 고군분투 중이지 않은가.

"하지만 저격수의 무서움은 확실히 알았네요. 그동안은 하이하 님이 우리 편이어서 못 느꼈을 뿐인가. 하핫, 저쪽에 마법사들이랑 폴리모프로 접근하는 방법도 생각해 봤었는데—."

"위험해요. 카일의 가장 큰 무서움은⋯⋯ 그가 '어디에 있는지 알 수 없다'는 점이니까요."

"—맞습니다. 이쪽을 노리고 있는지, 다른 곳에 가 있는지."

보배의 말을 들으며 징정경이 고개를 끄덕였다.

폴리모프나 은신, 투명화, 환영, 분신 생성 등등의 스킬을 사용해 접근하자는 건 진작 나온 아이디어였다.

"킷킷, 예전에 하이하이 씨가 '의자'로 변한 〈미드나잇 서커스〉 인원들을 발견했었으니, 아마 나비나 벌 같은 걸로 변해서 날아가도 그냥 한 방에 끽! 하겠죠."

이건 사실 진작 파훼된 방법이다.

이미 실험 정신이 투철한 몇 명의 유저가 접근해 보았지만 모두 사살된 것이다.

"방법은 하나뿐입니다."

"음? 키드 님— 아! 그래! 키드 님이 그, 뭐냐, 눈에도 안 보이는 속도로 파파팍! 접근하는 건요?"

새로운 방어 진지에서 유일하게 소란스러운 집단은 별초였고, 그 탓에 곳곳에 흩어져 있던 유저들이 조금씩 별초가 있는 장소로 모여들고 있었다.

코트를 휘날리며 다가오는 키드를 보고 기정이 흥분하여 물었으나 그는 곧장 고개를 저었다.

"이곳은 시티 페클로로 추정되는 좌표에서 200km 이상 떨어진 지역입니다."

"큭큭, 지속 시간도 짧고, 그나마 짧은 지속 시간이 지나면 반작용이 오는 데다, 카일 새끼한테 얻어터질 위험도 있지. 키드, 네놈이 아무리 빨리 움직여도 카일은, 아니, 자미엘은 반드시 널 볼 수 있을 거다."

어느새 다가온 루거 또한 키드를 비웃으며 말했다.

키드는 모자를 슬쩍 들어 올려 루거를 노려보았다.

루거는 그 눈을 마주치며 으르렁거렸으나, 언제나처럼 부딪치는 두 사람의 싸움을 굳이 말려 줄 인원은 없었다.

"키드 씨? 그럼? 유일한 방법은 뭐죠?"

보배의 물음에 키드는 다시 평온을 되찾고 말했다. 그의 시선은 어느덧 혜인을 향해 있었다.

혜인은 입술을 잘근 깨물며 주먹을 꽉 쥐었다.

"제가……. 뚫어 보는 거죠. '공간 이동' 말고는 답이 없습니다."

"맞습니다. 우리는 시티 페클로의 좌표를 알고 있습니다. 〈매스 텔레포트〉 한 번만 성공할 수 있다면, 우리의 승리입니다."

공간 관련 직업군 '세이지' 중에서 가장 실력이 뛰어난 유저, 혜인의 활약이 있다면 카일과 부딪치지 않고 시티 페클로로 입성이 가능해진다.

"형님, 뭐, 2차 전직! 이런 거 빡! 해 가지고 스킬 하나 생기지 않을까요? 뭐, 얘기 없어요?"

"에휴, 기정 씨. 괜히 혜인 오빠 부담 주지 말아요. 미들 어스가 보통 때에 맞춰 스킬이 생기곤 한다지만, 그렇게 편의주의적으로 툭, 툭 튀어나오는 건 아니니까요."

적어도 '어떤 단계' 이상을 뚫고 가야 스킬이 나올 것이다.

말하자면 각성과 가까운 일이 벌어져야만 공간 잠금 지역에서 대규모의 텔레포트가 가능해지리라.

"나 혼자서 짧은 거리의 블링크는 겨우 가능하지만……. 미안하다, 케이."

그 점을 누구보다 잘 아는 게 혜인이었다. 그것이 불가능하고 자신에게 그럴 능력이 없다는 걸 알기에, 그는 지금 분노하고 있는 것이다.

"아, 아뇨! 미안할 게 뭐 있겠어요."

갑자기 침울해진 분위기에 모두가 말수가 적어졌을 무렵, 또 한 사람이 별초 그룹을 향해 다가오고 있었다.

맨발로 사뿐사뿐 걸어오는 그녀의 모습은, 다른 유저들에게 얼핏 춤이라도 추는 것처럼 느껴질 지경이었다.

"어머나아~ 다들 여기 계셨네. 뭐 하세요?"

검은자위가 없는 흰자위만으로 '하얀 눈의 정령사'는 웃으며 다가왔다. 보배는 어쩐지 그녀가 불편했다.

"또 다른 정령들 이용해서 다 얘기 듣고 있었을 것 같은데, 아닌가요?"

다른 유저들이 알아차리기 힘들 정도로 정령을 운용하는 그녀의 솜씨 때문이었다.

정령들을 통해 주변에서 일어나는 일들을 보고 듣는다는 사실이 밝혀진 이상, 프레아가 다가오면 괜스레 껄끄러울 수밖에 없는 것이다.

프레아는 그런 보배의 말조차도 웃으며 받아들였다.

심지어 고개를 끄덕이는 그녀의 행동에는 보배도 질렸다는 표정을 내비쳤다.

"키킷, 알면서도 은근스을~쩍 물어보는 거 보니, 백내장 씨한테 무슨 생각이 있나 보죠?"

"음, 있다면 있지요."

"얼라리? 뭔데요? 프레아 님의 정령으로 카일을 상대할 수 있나요?"

몸이 달아오른 기정이 가장 먼저 물었으나 프레아는 고개를 저었다.

"어떻게 할 셈입니까."

"눈속임이라도 만들 수 있나, 맨발녀?"

키드와 루거는 진지하게 물었다. 프레아는 잠시 말을 아끼며 주변을 둘러보았다.

"〈신성 연합〉에서 가장 활약한 건 여러분들이죠?"

"거의 그렇다고 볼 수 있지 않을까요?"

"으음……. 그러면 〈신성 연합〉 사령관님께 아니, 에즈웬의 교황님께 꼭 전달해 주실 수 있을까요?"

뜸을 들이는 그녀를 보며 유저들은 답답한 마음을 숨기지 못했다.

도대체 무슨 소리를 하기 위해 이곳까지 와서 저런 말을 하는 걸까.

"뭘요?"

"시티 페클로를 점령하는 데 가장 큰 공을 세우면, 어떤 보상을 주실지 말이에요."

"점령? 프레아 씨가 강한 건 알지만— 마탄의 사수를 넘길 수 없어 못 가는 건데, 카일을 상대 못 한다면서 어떻게 하시게요?"

열 받은 보배가 톡 쏘듯 말했으나 프레아는 여전히 싱글벙

글 웃고 있었다. 그것은 그녀만이 가질 수 있는 자신감이었다.

미들 어스를 통틀어 프레아의 히든카드를 알고 있는 유저는 프레아 자신과 이하, 단 두 명뿐이었으니까.

그리고 하얀 눈의 정령사는 결코 멍청한 유저가 아니다.

자신이 지닌 히든카드가 어느 순간에 가장 가치를 발하는지, 아주 잘 알고 있었던 것이다.

그녀는 웃으며 말했다.

"저는 신대륙 동부로 텔레포트할 수 있거든요. 몇 명 정도는 함께 갈 수 있어요."

〈무지개의 정령〉을 활용한 특수 침투의 가치는, 〈신성 연합〉에서 천만금을 주고라도 갖고 싶어 할 것이다.

Geschoss 9.

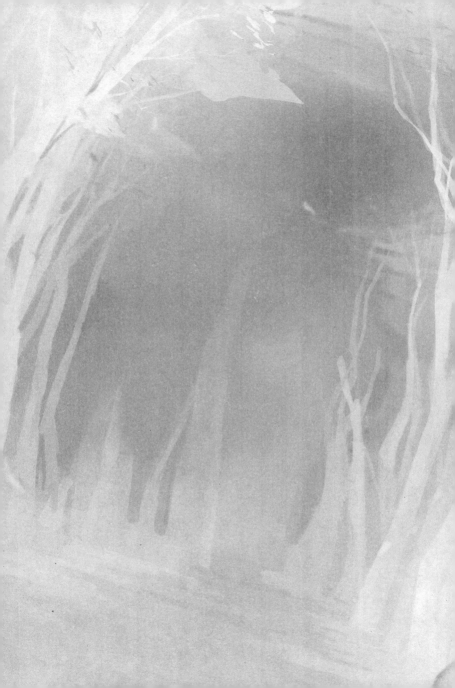

모여 있던 유저들은 하나같이 말을 잃었다.

몇몇 유저들은 곧장 혜인을 바라보았으나 도리어 혜인이 놀란 표정이었다.

갑작스런 침묵에서 가장 먼저 입을 연 것은 오히려 기정이었다.

"크, 저기, 프레아 님? 신대륙 동부 입구에서— 뭐랄까. 지금 제 표현력으로는 이렇게밖에 말할 수 없어서 죄송하지만, '깔짝거리는' 순간 이동 말고요. 지금 저희가 말하는 건—."

"응. 그니까요. 여기서부터, 시티 페클로 좌표 인근까지 갈 수 있어요. 아무래도 주변이 숲일 가능성이 있으니까 조금 공중에서부터 떨어져야 '끼임 현상'이 없겠죠?"

프레아는 가볍게 손을 휘둘렀다.

갑작스레 나타난 숲의 정령들이 잡초 무더기를 유저들의 가슴 높이까지 띄워 올리자, 잡초 무더기의 상부에서 빛의 정령 하나가 팟—! 하며 모습을 드러냈다.

유저들은 홀린 듯 그 장면을 바라보았다.

잡초 무더기의 위에서 나타난 빛의 정령은 조금씩 잡초 무더기를 향해 낙하하기 시작했다.

그리고 잡초 무더기의 가운데에는, 어느새 나타난 어둠의 정령이 끈적거리는 질감의 검은 공 하나를 만들어 놓은 상태였다.

빛의 정령은 그 검은 공을 향해 내려가는 중이었다.

"미친, 무슨— 이딴 짓거리를 할 수 있다고!?"

루거는 갑자기 움찔거렸다.

팔에 힘이 빠져 코발트블루 파이톤을 놓칠 뻔했기 때문이다.

프레아가 정령들을 활용하여 표현한 게 무엇인가! 그것은 지극히 간단한 방법으로 표현해 낸 '시티 페클로 침투 작전'의 개요였다.

다른 유저들도 직관적인 그녀의 설명을 곧장 알아들었다. 물론 그럼에도 의문은 남아 있었다.

"이렇게— 이렇게 쉽게 될 수도 있겠구나."

"이거라면 확실히 몬스터들한테 걸릴 리 없어요. 하지만……."

"가능하다고! 어떻게?"

가장 큰 의문을 폭발시킨 건 역시 혜인이었다.

지금껏 숨조차 제대로 못 쉬던 공간 마법사 직업군의 최강자 중 한 명은 전에 없이 흥분하여 그녀를 다그쳤다.

"혜, 혜인 오빠?"

"형님."

보배와 기정이 그를 말려야겠다는 생각이 들 정도였다.

아니었다면 혜인은 지팡이로 프레아를 후려쳐 버릴지도 모르겠다는 느낌을 받았기 때문이다.

정작 프레아는 검은자위가 없는 특유의 그 눈동자로 혜인의 눈빛을 가만히 받아 내고 있었다.

"그걸 말해 주면…… 안 되지 않을까 싶은데요? 힛."

평소와 다름없는 장난 섞인 태도를 보며 혜인은 어처구니가 없었다.

흥분과 분노, 억울함과 질투 등의 감정이 뒤섞인 짧고 강한 호흡은 점차 평안을 찾아갔다.

그는 역시 별초의 전 길드마스터였다.

"그렇겠죠. 하지만…… 희망은 생기는군요. 정령사가 하는 일이라면 세이지가 못 할 리 없으니까."

프레아가 어떤 식으로 활용하는지 보고, 그것을 참고 삼아 방법을 찾으면 되니까.

혜인은 곧장 웃으며 말했다.

주변의 몇몇 유저들은 갑작스런 태세 변환에 어쩐지 소름이 돋을 것 같았으나, 정작 프레아는 이번에야말로 혜인을 보며 조금 놀란 표정을 지어 보였다.

"퓌비엘의 왕궁에서도 느꼈지만, 생각보다 아~주 침착한 남자네요."

"그렇습니까."

두 사람은 서로 마주 보며 미소 지었다.

비예미는 두 사람 사이를 슬그머니 걸어가며 수정구를 꺼내어 들었다.

"킷킷, 둘이 눈 맞은 건 좋은데, 이러고 있을 시간은 없지 않을까요? 바로 〈신성 연합〉 요새로 가시죠."

비릿한 웃음을 짓고 있는 리자디아 종족은 역시나 한마디 쏘아 내는 걸 잊지 않았다.

"누, 눈이 맞긴요! 비예미 씨!"

마법진을 그리던 혜인의 지팡이가 잠시 삐끗했건만 정작 프레아는 아무렇지도 않게 말했다.

"왜요? 난 이런 남자 좋은데."

"어? 네?"

"그럼 거기서 봐요."

그녀가 가장 먼저 연보랏빛에 휩싸였다. 벌써 수정구를 발동시킨 별초의 유저들은 누구랄 것 없이 말문이 막혔다.

놀리려던 비예미까지도 놀랐고, 보배는 또 다른 재미있는 사건을 발견했다는 듯 눈을 반짝였다.

x

"뭐예요? 어떻게—."

슈우우욱—!

발동된 수정구는 그들을 차례대로 〈신성 연합〉의 요새로 옮겼다.

마지막까지 남은 사람은 키드와 루거뿐이었다.

"놀고들 앉았군."

"부러운 거 아닙니까."

"뭐? 내가? 부럽기는 무슨— 저런 눈까리도 허연 여자랑—."

슈욱, 키드는 어느새 사라졌다.

루거는 키드가 있던 땅을 발로 차 모래를 흩날리게 만들었다.

뒤늦게 수정구를 발동시키면서도 그는 투덜거리는 짓을 멈추지 않았다.

"차라리 청초한 느낌의 안내녀가—."

슈욱—.

루거의 모습도 사라졌다.

불과 20여 분도 되지 않아, 주요 랭커를 포함한 상당수의 유저들이 〈신성 연합〉의 요새로 모여들었다.

프레아가 다시 한 번 자신의 능력과 방법을 설명할 때에는 요새의 NPC들마저 탄성을 지를 정도였다.

그러나 정작 그곳에 모인 유저들은 그리 놀라지 않았다.

라르크와 신나라를 포함한 랭커들은 프레아가 어떤 생각을 하고 있는지 점 쳐 봐야 했으므로 놀랄 겨를조차 없었던 것이다.

프레아는 어떤 보상을 받음으로써 이 능력을 제공할 것인가.

만약 그녀가 원치 않는 보상이 있다고 한다면 어떻게 그녀를 구슬려야 하는가.

이렇게 대담한 협상 자리를 만들 정도로 '타이밍' 좋게 치고 들어온 이유는? 단순히 협상 우위를 점하기 위해서? 아니면…….

'다른 생각이 있어서.'

'그럴 가능성도 배제할 수 없다. 하이하 씨와 친하긴 하다지만 프레아라면─.'

'토온이 살아 있을 적만 해도 치요 쪽 세력이었잖아.'

다른 유저라면 이렇게까지 의심하진 않았겠지만 그녀는 프레아가 아닌가.

─그 중심이 되는 문제는 역시 '진짜 그럴 능력이 있는가' 하는 점이야. 뭘 원할지도 모르겠지만, 만약 프레아가 거짓말이라도 하는 날에는 교황청의 보물 중 하나를 강탈당할지도 몰라……. 아니, 오히려 이 정도로 일을 벌려 놓고 거짓말을

할 리가 없다고 생각하는 게 타당하고 또 텔레포트를 증명한 다음에야 보상을 건네는 방법도 주장은 해 보겠지만, 어쨌든 칼자루를 쥐고 있는 건 프레아니까. 보상을 주기 전까지 스킬을 쓰지 않겠다고 나서 버리면 협상이 난항이 될 거란 말이지. 그렇게 '시간을 끌린다는 것' 자체가 다시 의심스러운 거고. 만약 프레아가 유저들을 모아 놓고, 그 사이 무언가가 신대륙 동부에서 중앙부로 획, 횡단해 버리기라도 하면— 말하자면 양동 작전의 미끼로 프레아가 저런 발언을 했을 가능성도 있지 않겠어? 어떻게 생각해?

람화연이 이렇게 생각하는 게 어찌 보면 당연하다는 뜻이었다.

말 그대로 자신의 생각을 고스란히 토해 놓는 그녀의 이야기를 들으며 이하는 잠시 고개를 저었다.

'항상 이 정도로 대비하면서 사는 건가? 내 여자 친구지만 진짜…… 존경스럽네.'

도대체 그녀의 사고는 어디까지 흘러가 있을까. 이하는 피식 웃으며 그녀의 수고를 조금 덜어 주기로 했다.

—아마 그거 사실일 거야. 예전에 나한테 얘기해 준 적이 있었는데. 깜빡했네.

프레아가 신대륙 동부로 텔레포트할 수 있는가?

YES!

그게 가장 중요한 문제라면 그 문제의 답을 주면 되지 않는가.

수없이 늘어진 문제를 한 번에 해결해 버린 이하의 답변이었지만 정작 람화연의 표정은 얼어 있었다.

―……뭐라고?

―언제였더라? 하여튼 신대륙 동쪽에서도 텔레포트할 수 있다고 했었거든. 지금껏 사용조차 하지 않았던 새로운 정령이라고 했던―.

―그걸 왜 이제 말해―――!

"아윽!"

이하는 머리를 감싸 쥐었다. 람화연의 목소리는 아직도 두개골을 진동시키는 중이었다.

김 반장은 초췌한 얼굴로 이하를 보며 물었다.

"왜, 무슨 일 있다냐?"

"으으, 아뇨. 아마…… 시티 페클로로 들어갈 방법을 찾은 것 같아요."

성스러운 그릴을 통한 샤즈라시안의 권력 구도와 엘리자베스의 목적에 부합하는 타깃들을 정리한 자료는 이미 받았건만, 그들은 여전히 보틀넥 대장간을 벗어나지 못하고 있었다.

"보 형, 어떻게 이번에는, 될 것 같은가?"

"입 다물고 있어 봐. 제기랄, 내가 무슨 신도 아니고 말만 한다고 덜컥 나오는 줄 알아?"

"나름대로 4일가량 이것에만 매달려 있지 않았수? 보 형 실력이면 이제 슬슬 될 것 같은데."

"캭! 조용히 좀!"

벌써 며칠째, 그들은 '새로운 블랙 베스' 개조 방법에 대해 논의와 실험을 거듭하고 있었기 때문이다.

서두르지 말자고 말했던 김 반장이 독촉할 정도로 그것은 쉬운 일이 아니었다.

'단순하게 생각하면 새로운 총기를 만들어 내는 거야. 현실이었으면 총기를 전부 녹이고 모든 부품을 새로 만드는 것과 마찬가지.'

실제로 보틀넥이 이곳에서 강화를 하는 건 '용암의 힘을 빌려' 쓰는 것이었으므로, 방법적으로도 틀린 건 아니었다.

물론 블랙 베스를 전부 녹여 버리는 일을 하는 건 아니었지만, 모든 절차와 방법에 있어 한 치의 소홀함도 없어야만 했으니 시간이 걸릴 수밖에 없는 것이다.

─────────────────!

"우욱!"

"어떻게, 성공이요?"

"보틀넥 아저씨! 결과는요?"

꾕음과 함께 보틀넥 대장간 별관이 들썩거렸다.

강화와 합성을 전문으로 하는 별관은 평상시 운용되지 않고 있었으나 최근 며칠은 이렇게나 시끄러웠다.

보틀넥은 고개를 저었다.

"역시 섬세한 녀석이야. 어중간한 배합으로는 이놈을 만족시킬 수 없어."

"섬세— 끄으으, 섬세하기는요! 야, 블랙! 도대체 어떻게 해야 되는 거야? 재료라면 필요한 것 구해다 줬잖아!"

—크큭, 각인자여……. 태초부터 존재해 온 나의 습성을 한순간에 바꿀 수 있다고 생각하는가.—

"된다며!"

이하는 블랙 베스를 쥐고는 고래고래 소리쳤다.

'개조'의 방향을 그저 직관적으로 떠올린 건 아니었다.

엘리자베스를 마주하고 있던 그때에도 블랙 베스는 이하를 향해 계속해서 말을 걸었고, 특히 '능력'에 대한 점을 건드릴 때에는 블랙 베스조차 참지 못했던 것!

'이 자식이, 자기 자존심을 건드렸다면서, 능력을 보여 주겠다느니 어쩐다느니 하면서 은근히 힌트를 줘 놓고는…….'

그때 블랙 베스가 했던 말이 있었기에 이하는 블랙 베스 개조 방안을 생각할 수 있었던 게 아닌가.

그러나 힌트는 힌트일 뿐, 그것을 구현하기 위해서는 역시나 시간과 노력이 들 수밖에 없었다.

김 반장은 보틀넥과 함께 다시금 설계도와 재료를 끙끙거리며 비교해 보는 중이었다. 그러던 그의 눈에 이하가 들어왔다.

"야, 이하야."

"네, 반장님."

"엘리자베스의 예상 목표물도 알았고……. 이 개조도 며칠 안에는 성공할 텐데 말이다."

"네."

김 반장이 줄곧 품고 있던 의문이 하나 있었다.

그때에는 쉽사리 꺼내지 못했으나, 어쨌든 총기가 완성되기 전에 반드시 짚고 넘어가야 할 문제였다.

"어떻게 쏠 거냐? 보이지도 않는 적을."

엘리자베스가 우선적으로 노릴 타깃 리스트가 있다. 그들의 근처에 있으면 분명히 엘리자베스는 나타날 것이다.

그러나 나타나는 걸 어떻게 알 수 있지?

그녀는 이하의 〈꿰뚫어 보는 눈〉에도 그 흔적조차 남기지 않은 은신 능력을 보유하고 있지 않은가.

"쓸 만한 아이템이라도 있냐? 스킬이야 이제 와서 갑자기 얻을 순 없을 거고……."

김 반장의 물음에 이하는 고개를 저었다.

확실히 77대 교황이 '보물'이라 일컫는 아이템도 받았으나 그건 이번 일에 쓰일 게 아니다.

홀리 페어리는?

신성력에는 반응하지만 마기의 결정체와 같은 엘리자베스에게 반응치 않을 것이다.

"아마 계속 못 보겠죠."

김 반장의 표정이 일그러졌다.

이하는 서글픈 미소를 짓고 있었다.

"설마 너……. 그 인간이 모습을 드러낼 때 쏘겠다, 따위의 생각을 하고 있는 건 아니지? 물론— 공격의 한순간에 모습을 드러낼 가능성은 있지만—."

그것은 보장된 게 아니다.

일반적으로 은신은 공격 시 풀리게 된다. 은신을 유지하며 싸울 수는 없다.

은신이 풀리지 않더라도 공격 순간만큼은 반드시 그 흔적이 나타날 수밖에 없다.

이하의 〈녹아드는 숨결〉조차 모습을 보이지 않게 할 뿐이지, 이 세상에서 없애는 게 아니지 않은가.

격발 시의 총구 화염이나 총성의 반사 등을 알아낼 수 있는 유저가 있다면 〈녹아드는 숨결〉을 사용한 채로 공격, 그 즉시 다시금 〈카모플라쥬〉를 쓰며 은신을 쓴다 해도 이하의 위치를 어느 정도 추측할 수 있을 것이다.

그러나 엘리자베스의 은신도 그럴까?

김 반장은 마른침을 삼켰다. 설령 그런 식으로 가능하더라도 그것은 찰나가 될 것이다.

'게다가 스스로 말하지 않았던가. 총성이 없다고 했어. 모습을 감출 수 있고, 탄두를 휘게 할 수 있고, 20km 밖에서 쏠수 있는 저격수가 그래서 꿈의 암살자나 다름없다는 의미인데…… 총구 화염이 있다는 보장도 없다.'

설령 있다고 해도 〈커브 샷〉보다 자유자재로 탄두를 움직이게 할 수 있는 그녀라면, 총구 화염이 최소화되는 위치에서 저격할 게 당연하다.

"반장님."

"으, 응?"

"총구 화염이나 총성은…… '바깥'에서도 지울 수 있잖아요?"

"그렇지. 100%는 아니지만—."

"기술이 더 발전하면 100%까지 될 수도 있겠죠?"

"……그럴 거다."

현실에서도 소염기와 소음기는 존재한다.

오히려 몇몇의 가능성을 열어 두고 있는 김 반장보다, 이하가 더 엘리자베스의 실력을 인정하고 있었다.

"엘리자베스는 그 상태쯤이라고 봐도 좋을 겁니다."

이하의 이야기를 들으며 김 반장은 더욱 이하의 생각을 읽을 수 없게 되었다.

그렇다면 도대체 엘리자베스를 향해 쏜다는 의미일까.

이하는 김 반장에게 말했다.

"그러나 모든 저격수가 격발할 때 느끼는 게 있죠. 사람을 향해 쏠 때, 무엇을 느꼈냐 하면……."

"미친놈!"

김 반장은 이하의 설명을 미처 듣기도 전 욕지거리부터 날렸다. 그것은 당연한 일이었다.

이하가 찾겠다고 주장한 건 '그녀의 신체'가 아니었다.

모든 저격수는 저격 총을 사용할 때 반드시 이것을 느껴야만 한다.

"반동의 흔적으로…… 그 흔적이 있는 장소에 쏘겠다?"

김 반장은 그것이 얼마나 힘든 일인지 경험으로 알고 있었다.

은신까지 필요도 없다. 길리 수트Ghillie suit까지 가지 않아도 된다.

"사막색 옷 입은 놈들을 많이 상대해 봐서 안다. 그냥 흙 밭에만 누워 있어도 찾기 힘들어."

"괜찮아요. 엘리자베스가 쏘는 곳은 사막이 아니라 눈밭이니까."

"그것도 마찬가지지! 눈이 뭉개지고 쪼개져 봤자 뭐가 얼마나 된다고!"

총기의 반동, 그 흔들림으로 뭉개지는 눈밭을 찾아내는 정도는 가능할까?

하물며 탄두를 휘게 하는 작자를 상대로?

20km 범위 내의 '모든 눈밭'이 어떤 상태였고, 얼마나 흔들렸는지를 기억하고 발견해 낼 수 있을까?

설령 엘리자베스가 기대고 있던 장소에서 눈이 어느 정도 뭉개진다 하더라도, 빨리 찾지 못하면 다시금 내리는 눈에 전부 정리되어 버릴 것이다.

'백사장에서 바늘 찾기 수준이다……. 그것도 파도가 계속해서 몰아치는 백사장에서.'

바늘이 어디 있다는 힌트를 알아내더라도, 파도가 한 번 치고 나면 모든 게 재배치될 것이다.

김 반장이 굳이 이야기하지 않아도 이 모든 건 이하가 알고 있는 사실이었다.

그러나 어쩔 수 없는 일이었다.

"드래곤은— ."

"안 돼요. 적이 마탄의 사수급……이라고 인정하고 싸워야만 합니다. 불리하면 불리한 대로 할 수밖에 없는 전투라고 봐야죠."

드래곤들이 정말로 사망이라도 한다면 미들 어스는 더 큰 혼란에 빠지게 될 것이고, 그거야말로 치요와 마왕군 측 유저들이 바라는 바일 것이다.

김 반장도 마침내 이하의 각오와 유사한 지점까지 도달할 수 있었다.

이건 현실의 저격이 아니라 미들 어스의 저격이라는 점.

"저격수의 꿈과 같은 존재와 싸우는데…… 난이도가 이 정도 되는 것도 당연한 건가."

"우선 LRRS의 스펙부터 확인해야 뭘 해도 할 수 있을 겁니다."

이기기 위해서는 일정 수준 이상의 고정 관념을 완전히 버려야만 한다는 점이었다.

"빌어먹을 놈들이? 수염이 다 타도록 일하고 있는 드워프 옆에서 보채지 좀 마!"

보틀넥은 투덜거렸지만 화를 낸 것은 아니었다. 이하와 김 반장의 진지한 대화를 충분히 들었기 때문이다.

'삐뜨르가 말해 준 그날 이후로 따지면 이제 84일 남짓이다.'

90일대가 진작 깨지고 이곳에서 4일을 또 날려 먹었다.

자신이 엘리자베스를 잡고 카일을 쓰러뜨린 후 시티 페클로를 가는 게 더 빠를까? 아니면…….

'프레아 씨의 특작이 성공하길 바라며 기다려야 한단 말인가.'

지금 〈신성 연합〉 요새에서 활발히 논의 중인 건이 성공하는 게 빠를까.

'딱히 승부할 필요는 없어. 둘 중 하나라도 되기만 하면 돼.'

평상시의 이하라면 이 정도 바람에서 멈췄을 것이다.

무엇 하나라도 성공하기만 한다면 미들 어스의 모두가 이
토록 시간에 쫓기며 초조해할 이유가 없지 않는가.

'하지만⋯⋯.'

이하는 블랙 베스를 요모조모 다시금 살피는 보틀넥을 보
며 무언가 끓어오르는 감정을 느꼈다.

이번 일은 삼총사의 '마지막 테스트'다. 키드와 루거는 진작
끝낸 일이다.

그러나 자신은 엄밀히 말하면 시작도 못 한 셈이지 않은가.

진정한 [명중]이 되어, 카일과 한판 승부를 벌이고, 거기서
승리한 채 시티 페클로에 입성하고 싶다는 게 이하의 솔직한
심정이었다.

"흐흐, 뭔가 새롭게 느껴지는 감정도 있네요."

"뭔데?"

"어느 순간부터 은근히 제가 '선두'라는 마음이 있었는
데⋯⋯. 후발 주자로서 다시금 쫓아가는 게 기분이 썩 나쁘진
않습니다."

마치 처음에 삼총사의 후계로 지목받았을 때의 그 느낌.

이미 테스트를 통과한 [관통]과 [속사]에 비해, 뒤늦게 등장
한 자신, [명중]은 한동안 두 사람보다 객관적으로 실력이 부
족했던 게 사실이다.

시간이 흐르며 바뀌었던 마음. 이제 와서야 이하는 초심으
로 돌아간 셈이었다.

그로부터 약 3일이 더 지나고 나서야, 마침내 보틀넥에게서 좋은 소식이 들려왔다.

"후우우…… 성주."

"아저씨, 이건—."

"과연…… 외형부터 바뀌는 건가."

김 반장은 흐뭇한 표정으로 보틀넥이 들고 있는 '블랙 베스'를 바라보았다.

이하는 그에게 총기를 받았다.

예전보다 묵직해진 무게감. 굳이 재어 보지 않아도 알 수 있을 정도로 증량된 이유는 역시나 길어진 총열 때문이었다.

"으음, 하지만— 이거, 제가 아는 '그 모델'이랑은 조금 다른데요?"

"뭐야, 이 자식이!? 첫 소감이 꼴랑 그거야?"

"아, 아뇨! 좋죠! 보틀넥 아저씨가 일주일을 몽땅 투입해서 개조해 주신 건데, 당연히 좋아요. 다만 외형이 제가 아는 것보다 조금 달라서 그래요."

이하와 김 반장이 모티브로 삼았던 현실의 총기 모델이 있다.

저격수 잡는 저격 총, 소위 LRRS라는 독특한 시스템을 적용시켰던 회사의 총기는 이하가 평소 사용하던 블랙 베스보다 훨씬 심플하고 현대적인 외형이었다.

'너무 모던한 느낌이라 둔탁한 외형으로 적용시킨 건가? 아니, 그렇다고 보기엔 원래의 블랙 베스도 현실 모델이랑 거의 똑같은데.'

원래 블랙 베스의 형태를 잡아 늘린 것 같은 육중함은 도대체 뭐지? 총기라면 웬만큼 꿰고 있는 이하였으나, 그가 아는 건 역시나 대표 무기들뿐이었다.

이하는 슬그머니 김 반장을 바라보았다. 김 반장은 엄지를 치켜들었다.

"맞아. 우리가 아는 '그 모델 M200'은 아니다."

"네? 그럼요?"

"그 이전 모델인 M96. 아직 M100이라는 이름으로 바꾸기도 전의 테스트 모델이다. 크하핫! 미들 어스 이거, 이래서 재미있다니까. 가끔 보면 아주 마니악한 면이 있어."

이하보다 더한 '총덕'에게는 낯익은 모델로만 보이고 있었다.

그에게서 완전한 보증을 받고 나서야 이하는 새로워진 블랙 베스를 다시 볼 수 있게 되었다.

"M96……."

─각인자여, 나를 그따위 코드 네임으로 부르지 마라.─

"그, 그렇지. 너는 블랙이야."

자아가 있는 총기가 자신의 기능을 바꾸어 주었다.

NPC와 같은 블랙 베스에게는 분명 특정한 반응이 적용되었을 터, 이하는 어쩐지 미안하면서도 고마운 감정이 들었다.

〈태고의 신화를 함께 한 블랙 베스 — 대對저격수용〉(거래 불가)

설명: 눈을 뜬 자아는 자신의 모든 힘을 되찾았다. 억겁의 시간을 괴로워했고 오랜 시간을 억압받았던 자아는 이제, 고통의 원인에게 복수하고자 한다. 살아 있는 생명체와 죽어 버린 영혼들, 신神과 마魔 그 무엇이라도 그의 이빨을 피할 순 없다. 모든 목적을 달성했을 때, 그는 단순한 자아를 초월하리라.

공격력: (사용자의 민첩*12)

효과: 민첩 +50

대상의 [특성] 흡수 및 방출 (1회 한정)

(그 외 기존 등급의 모든 추가 효과를 계승합니다.)

추가 설명: 전설의 드워프 보틀넥은 용암을 활용해 블랙 베스의 능력을 재조정하는 데 성공했다. "[명중]이라는 이름에 걸맞도록 만들어 주마. 제기랄, 하지만 사거리를 늘리기 위해 탄두 자체의 크기를 줄였으므로 파괴력이 약화되는 건 어쩔 수 없다. 뭐, 그래도 네 녀석이 원했던 30%의 사거리 증대 이상의 효과를 냈으니 우선은 괜찮을 거다. 쏘는 놈이 제 실력만 발휘할 수 있다면, 이건 날아가는 참새의 눈곱도 맞출 수 있을 거야." 경악할 만한 성과에도 전설의 드워프는 만족하지 않았다고 한다.

추가 효과: 기본 공격력 변경(사용자의 민첩*11)

마탑의
사수

기존 블랙 베스 대비 약 50% 사거리 증가

"오, 오십 퍼센트……!?"

"뭐가 오십 프로야? 설마 사거리 말하는 거냐?"

"네. 오, 오십 프로 증대라면—."

기존 블랙 베스의 최대 사거리는 약 4,000m가량이다.

거기서 50%가 증가했다면, 〈관절 고착〉과 〈스나이프〉 스킬을 모두 적용시켰을 때의 최대 사거리는 얼마나 되는가.

"힘 좀 썼다."

보틀넥은 경악하는 두 사람을 보면서 자신의 수염을 쓰다듬었다.

김 반장도 블랙 베스의 기존 제원을 알고 있었으므로, '대저격수용' 블랙 베스의 최대 사거리는 금방 산출할 수 있었다.

"13,650m……."

"약 13km가 넘는다고? 이거 미친 거 아냐?"

엘리자베스의 최대 사거리에는 분명 부족한 것이 맞다.

그러나 10km의 한계를 돌파할 가능성이 있다는 것만으로도 이하는 자신감을 얻었다.

김 반장은 곧장 수정구를 꺼내어 들었다. 더 이상 지체할 시간은 없다.

이하도 곧장 그에 반응하자 보틀넥이 허겁지겁 무언가를 내밀었다.

"맨손으로 싸울 거야? 탄은 가져가야지! 너희들이 말한 새 탄이다! 그리고 이미 만들어 둔 기존 탄도 꼭 써야 해, 비용 청구 다 할 거야!'"

고래고래 소리를 지르는 보틀넥이었지만 이하와 김 반장 모두 짜증을 내지 않았다.

오히려 김 반장은 친근한 태도로 보틀넥의 어깨에 팔을 두르며 장난을 칠 정도였다.

"보 형, 거 나이도 있으면서 꼭 새침데기 소녀처럼 군다니까."

"뭐, 뭐야?! 너는 앞으로 탄 없어, 인마!"

투덕거리는 중년(?)과 노년의 말싸움에 이하가 헛웃음이 날 때쯤, 그의 두개골에 진동이 울렸다.

—형! 어휴, 미치겠다.

—응? 뭐야, 기정아?

—아니, 프레아 씨 말이야. 완전 똥고집도 이런 똥고집이 없어!

—맞다. 너네 아직도 출발 못 했지? 난 이제 샤즈라시안 떠날 건데. 흐흐, 이러다 내가 더 빠르겠는데?

이하는 웃었다.

프레아 안건이 처음 거론된 이후, 벌써 〈신성 연합〉에서는 시티 페클로로 들어갈 인원까지 선발해 놓은 상태였다.

반드시 함께해야 하는 프레아 1인을 제외하고 제한 인원은 3명뿐.

　프레아도 돕겠지만, 기본적으로 전투 능력과 더불어 임기응변에 강한 유저들로 보내야 했기에 고심에 고심을 거듭하여 모든 준비를 마쳐 놨건만, 정작 프레아가 내세운 조건을 만족시킬 수 없어 아직도 출발을 못 한 상태라니…….

　─그니까 문제야. 교황청에도 없고 에윈 총사령관이나 그랜빌 장군한테도 없는 아이템이래. 교황이 자신의 이름을 걸고, 모든 교단에 지시를 해서라도 반드시 구해다 준다고 했는데도 프레아 씨가 말을 안 듣는다니까.

　─헐…… 대박이긴 하네. 근데 뭔 아이템이기에 그래?

　이하도 반쯤은 농담으로 자신이 먼저 할 거라 말했으나 걱정되는 게 사실이었다.

　도대체 무슨 아이템을 요구했기에 교황의 보증조차 믿지 않는단 말인가.

　그 정도의 아이템을 구할 수 없다면, 도대체 프레아를 어떤 방식으로 설득해야 하는가.

　기정은 답했다.

　─〈정령계의 열쇠〉

이하는 아무 말도 할 수 없었다.

"몇 번이나 말하지만, 시급을 다투게 될 거예요. 교황께서
도 명예를 걸고 반드시 구해 주신다고 하셨는데, 거부하는 이
유가 뭐죠?"

"흐으응……. 하지만— 당장 얻을 수 있는 게 아니라면, 미
들 어스가 어떻게 될지도 모르는데……."

〈신성 연합〉의 요새에서는 여전히 옥신각신 다툼이 벌어지
고 있었다.

프레아를 둘러싼 유저들은 머리를 벅벅 긁으며 답답한 마음
을 내비쳤으나 그런 것에 흔들릴 하얀 눈의 정령사가 아니다.

"프레아 씨도 알고 있죠? 교황청에 다녀오는 것도 극비로
했고, 멤버를 뽑은 이후로는 관계없는 웬만한 유저들을 전부
흩어지게끔 만들었어요. 하지만……. 랭커나 다른 유저들이
며칠씩 교황청과 요새에 모여 있다는 점, 그것 자체가 일종의
신호가 될 겁니다."

프레아를 설득하는 일에 대해서는 람화연, 라르크 등이 〈신
성 연합〉 전권 대리인의 이름으로 협상을 주도하고 있었으나,
프레아와 '함께할 멤버'를 선발하는 일은 그렇지 않았다.

누가 가야 하는지에 대해서는 여러 가지 상황을 고려하며

다재다능한 인물들을 뽑아야 했으나, 랭커급 유저들의 자존심상 모두 자신이 가겠다고 나섰으니, 그 일에는 마라톤 회의가 반드시 필요했던 셈이다.

"람화연 씨 말이 맞지. 치요도 바보가 아니고, 쁘락치를 곳곳에 숨겨 놓았을 텐데. 이미 우리가 모여서 어떤 작당 모의를 하고 있다~ 정도의 사실은 들어갔다고 봐야죠."

람화연의 간접 협박에 라르크가 힘을 실었다. 시간을 끌수록 좋은 점은 없다.

신대륙 중앙부에선 여전히 만용 가득한 유저들이 카일의 손에 죽어 나가며, 카일의 위치를 직간접적으로 알려 주고 있었으나, 카일의 신출귀몰한 움직임을 생각한다면 그것도 만족스러운 정보는 아니었다.

그는 언제든 시티 페클로 인근으로 돌아갈 수 있다.

그가 시티 페클로 인근을 경계하는 시점에 프레아와 유저들이 그곳으로 덜컥, 떨어지게 된다면?

'기껏 세운 작전도 물거품이 된다.'

'내부에 마왕군 유저들은 당연히 있겠지. 몬스터도 있을 거야. 그러나 프레아와 함께 가는 세 명이라면 어떻게든 숨어들 수 있다.'

즉, 이번 작전에서 가장 중요한 건 타이밍이다.

그것도 '일부러 이끌어 낼 수 없는 타이밍.'

"양동 작전도 안 먹힐 거예요. 우리가 작당 모의를 하고 있다, 수준의 정보만 치요에게 넘어갔어도 — 그녀는 신대륙 중앙부에서 대규모 도발을 일으킨다 한들 카일을 그곳에만 머무르게 하지 않을 테니까."

"역시 나라 씨야. 저도 같은 생각입니다. 성동격서 따위의 작전은 오히려 치요에게 힌트만 주는 거니까. 우리는 '우연한' 그 한 시점에 움직이는 수밖에 없고, 많이 발생하지 않는 그 한순간을 노리기 위해서라도 얼른…… 프레아 씨가 마음을 먹어 줘야죠."

카일을 신대륙 중앙부에만 머무르게 할 수는 없다.

침투 작전에 투입될 인원들이 프레아의 힘으로 텔레포트하는 순간, 대규모 병력을 신대륙 동부로 진격시킨다?

프레아를 포함해서 네 명밖에 안 되는 인원으로 카일을 몇 분이나 상대할 수 있을까. 그렇다고 카일의 '눈'을 피해 숨는 것도 결코 쉽지 않은 일이다.

결국 신대륙 동부로 진격하는 그 즉시 치요와 카일은 시티페클로 인근으로 돌아갈 테고, 그곳에서 그들을 색출하여 사살, 그 이후 곧장 신대륙 중앙부를 향해 올 것이다.

라르크의 말처럼 노릴 수 있는 순간이라면 전혀 계획되지 않은 사건이 발생할 때.

만용에 찬 유저들이 몰래 신대륙 동부를 향해 가다 죽었다는 사실이 확인되는 그 시점이다.

"우리 — 우리 화홍에서 그 미끼를 맡겠어요. 우리 길드 소속 유저를 카일의 손에 죽게끔 만들면, 굳이 큰 작전이 아니더라도 그 타이밍은 잡을 수 있을 거예요. 그러니—."

"아이 참, 저는 그게 없으면— 안 된다니까요."

프레아는 앙탈을 부리듯 람화연에게 말했다.

미소까지 지으며 거절하는 프레아를 보고도 람화연은 열을 내지 않았다.

그녀가 침착하게 다른 카드를 생각하고 있을 무렵, 자리에서 벌떡 일어난 것은 기정이었다.

"아으으으! 진짜로! 프레아 님! 해도 해도 너무하는 거 아닙니까!? 있는지 없는지도 모를 아이템으로—."

"있어."

"어, 엥? 형?"

"하이하 씨?"

이하는 기정의 어깨를 가볍게 주무르며 그를 다시 자리에 앉혔다.

예고도 없이 〈신성 연합〉 요새로 들어온 이하를 보며 라르크와 람화연 등이 어리둥절한 표정을 지어 보였다.

정작 이하를 보며 웃고 있는 것은 프레아였다.

이하는 프레아를 보며 한숨을 내쉬었다.

"있는 줄 알고 그런 말한 거죠?"

"글쎄요오."

어깨를 으쓱이는 하얀 눈의 정령사를 보며 이하는 무언가를 내밀었다.

그것은 보랏빛을 띠는 작은 열쇠였다.

외형적으로는 날개가 달려 있거나 했던 〈잔나테의 열쇠〉에 비해 초라했으나, 보랏빛 속에 촘촘히 박힌 또 다른 색상들은 물론, 아주 고운 입자를 입혀 놓은 것 같은 질감은 이 세상 것이 아닌 물건으로 보일 지경이었다.

"설마……?"

"이거, 이게 뭐야?"

"이하 씨가 갖고 있었다고요? 교황청에도 없는 보물을?!"

아이템의 명칭을 굳이 언급하지 않아도, 이 시점에서 이하가 내미는 열쇠가 무엇인지 유저들은 알 수 있었다.

가장 크게 놀란 건 기정이었다.

프레아와의 '밀당'이 답답해서 하소연이나 하려고 귓속말을 보냈건만, 이렇게 덜컥 해결되는 문제였다니!

"이걸 드리면 지금 당장이라도 출발할 수 있는 거죠?"

"물론이죠! 아이리스?"

샤아아아아————!!!!

프레아의 말이 끝나기 무섭게 그녀의 곁에서 무지개가 떠올랐다.

라르크가 순간적으로 자신의 검이 잘 꽂혀 있나 확인할 정도로 선명하고 독특한 빛이었다.

끝없이 굴절되고 분산되는 빛의 프리즘 속에 있는 작은 신체의 실루엣.

지금까지 유저들의 성화에도 자신의 능력을 증명하지 않았던 프레이는 〈정령계의 열쇠〉를 보자마자 자신이 지닌 카드를 내비쳤다.

"와아……."

"아이리스……. 이리스Iris! 무지개의 여신— 아니, 무지개의 정령인가요? 텔레포트할 방법이 무지개의 정령을 활용하는 거였나요?"

줄곧 잠잠하던 혜인의 반응을 보며 프레이는 살포시 웃어만 줄 뿐, 아무런 답도 하지 않았다.

프레이는 자리에서 일어나 이하에게 다가왔다. 이하가 내밀고 있는 열쇠를 집으려는 순간…….

"자, 그럼—."

"아니지, 아니지. 지금 드릴 순 없죠."

이하는 휙, 손을 빼냈다.

검은자위가 없는 눈을 크게 뜬 채, 프레이는 이하를 바라보았다. 이하는 웃고 있었다.

"무슨—."

"무사히 다녀오시면 그때 드리죠. 시티 페클로에서, 마왕의 조각들이 마왕을 부활시키기 위해 어디로 갔는지……. 그 정보를 알아 오는 조건입니다."

칼자루를 쥔 사람이 바뀌었다면, 협상의 조건도 바뀌어야 하는 법이다.

아이템을 볼모로 한 협상이야말로 신대륙 항행 시절부터 이하가 잘 하는 일이니까.

"말도 안 돼요. 그럴 수 있다는 보장도 없고! 또—."

"싫으시면 어쩔 수 없고요. 내가 써도 되는 거니까. 아! 내가 이걸 열고 무지개의 정령과 계약을 해도 되겠는데?"

"자, 잠깐!"

이하는 열쇠를 두 손가락으로 집은 채 달랑거리다 그것을 가방에 넣었다.

마지막에 슬쩍 뱉어 낸 말은 프레아를 KO시키는 필살의 펀치나 마찬가지였다.

실제로 교황청에도 없는 아이템이다.

그 옛날 치요의 편에 프레아가 붙었던 것은 모두 〈정령계의 열쇠〉를 구하기 위함이었고 그녀의 세력이 절정일 때에도 구하지 못했었다.

만약 이하가 저것을 사용해 버리면?

이하는 이미 다크 엘프의 마을에서 암 속성 정령들과 계약을 맺은 바가 있다.

무지개의 정령이라고 이하를 완전히 무시하지는 않을 것이라는 의미!

만약 이하가 정말로 무지개의 정령과 계약이라도 하는 날에는, 프레아 자신의 이용 가치가 급감하지 않겠나.

프레아는 결코 멍청한 유저가 아니다.

이 모든 계산을 순식간에 끝낼 수 있었으므로, 그녀는 울며 겨자를 먹어야 했다.

"제가 언제, 안 한다고 했나요. 그럴 수 있다는 보장이 없으니까~ 오호홋, 더 열심히 하겠다! 이런 말을 하려던 건데. 안 그래요, 여러분?"

프레아는 주변을 둘러보며 동의를 구하려 했으나, 유저들은 모두 그녀와 눈을 마주치지 못했다.

"픕—."

"크흐홋."

지금 프레아와 눈을 마주쳤다간 참고 있던 웃음이 터져 버릴지도 몰랐기 때문이다.

일주일 내내 프레아를 상대했던 람화연은 입술까지 꽉 깨물고 있을 정도였다.

이하는 당황한 프레아에게 다가가 말했다.

"힘내세요. 좋은 결과 기다리고 있겠습니다."

그러곤 수정구를 발동시켰다.

이하가 김 반장의 곁으로 돌아가 샤즈라시안으로 향하던 바로 그때, 마침내 〈신성 연합〉에서도 준비를 끝냈다.

〈신성 연합〉의 요새 안, 에윈 총사령관과 그랜빌이 함께 있는 지휘 통제실에는 람화연과 라르크 두 사람만이 자리했다.

"우리는 스탠바이 됐어요."

"근데 람화연 씨, 혹시 '미끼'의 정체가 걸리지는 않겠죠?"

"제아무리 치요라도 알 수 없을 거예요. 우리 길드 출신도 아니고 길드원의 지인들을 몇 명 섭외한 거니까요."

화홍 길드원은 모두 람롱 그룹 소속의 회사원들이다.

비밀을 유지할 만한 부하 직원의 친구들 몇 명을 급히 불러 모은 것이므로 정체가 새어 나갈 수는 없다.

라르크는 철두철미한 람화연의 성격에 고개를 끄덕였다.

'미끼'가 카일에게 죽는 그 순간, 프레아는 무지개의 정령을 발동시키면 될 것이다.

완벽한 연기를 하기 위해, 아무런 작전도 없다는 걸 보여 주기 위해 일부러 모든 유저들이 흩어져 있는 것이었으니까.

"으음, 어디……. 아, 오케이."

람화연과 라르크를 제외하고 모여 있는 인원은 넷.

〈신성 연합〉 요새 회의실에 모여 있는 그들에게서 라르크는 귓속말을 받았다.

"페이우 씨, 이환 씨 그리고 나라 씨까지, 언제든 좋대요."

프레아를 제외한 3인은 바로 페이우와 신나라 그리고 이환이었다. 라르크의 확인과 함께 람화연은 에윈을 바라보았다.

이 모든 작전을 인지한 총사령관 NPC는 고개를 끄덕이는 것으로 작전 수행을 명령했다.

"시작하겠습니다."

—자청, 보내요.

람화연은 미끼를 내보냈다.

새롭게 그어진 경계선이라 할 수 있는 신대륙 중앙부의 간이 방벽 근처에서 8명의 유저들이 모습을 드러냈다.

최대한 수그린 자세로, 누런 망토까지 뒤집어 쓴 그들의 행동은 사뭇 진지했으나 주변의 반응은 결코 좋지 않았다.

"또 뒤지러 가는구만."

"목숨이 아깝지도 않나? 아니, 간단한 정보라도 하나 물어 오면 〈신성 연합〉에서 엄청난 보상을 준다곤 하지만—."

"그래 봐야 5분 안에 전멸이지."

"한 10분은 갈 것 같은데, 내기 할까?"

이 작전은 밖으로 새어 나가지 않았다. 일반 유저들이 람화연의 '미끼' 유저들을 조롱하는 것도 당연한 일이었다.

오히려 람화연을 비롯한 유저들은 이러한 조롱을 반길 것이다.

"〈디텍트〉는 쓰고 있지?"

"아까 방벽에서 나오기 전에 쓰고 나오긴 했어요."

"현재 전방에 보이는 거 없습다. 몬스터도 한 마리 없는 것 같은데?"

미끼 유저들이 엉성해선 안 된다. 그들은 정말로 신대륙 동부에 도달하겠다는 각오와 의지가 있었다.

간이 방벽에서 나와 약 2km 지점까지 도달한 시간은 6분. 결코 느리지 않았다.

"거리가 한참 남았으니 당연하지. 하여튼 최대한 숙여. 조심히—."

그러나 내기를 하던 유저들의 계산 범위에 들어가는 시간대였다.

말을 하던 미끼 유저 중 한 명의 머리에서 피가 쏟아져 나왔다.

"뭐, 뭐야!"

"이런 식으로 공격이 되는구나, 어서 녹화라도 떠! 녹화 뜨고 빨리 연락—."

8명의 인원 중 세 명이 순식간에 사망했다.

다른 유저들은 허겁지겁 등을 돌려 탈출을 시도하려 했으나 녹록지 않았다.

미처 열 걸음을 떼기 전에 다시 두 명이 죽고, 그들의 사체가 잿빛으로 변하기 전, 붉은 피가 대지를 적시는 이펙트조차 사라지지 않은 상태에서 또 셋이 죽었다.

8명의 미끼 유저가 전부 사망하는 데 걸린 시간은 고작 12초 남짓이었다.

"아~ 1분만 더 빨리 죽지."

"낄낄, 내놔. 10실버."

방벽 뒤의 유저들이 낄낄거렸다. 그것으로 충분했다.

"페이우 씨, 프레아 씨, 주변 기척은— ."

"없습니다."

"빛, 어둠의 정령들은 아무 말도 없군요."

"자, 저희 네 명 모두 가리는 데 성공했습니다. 웬만한 '눈'이 있어도 빛이 난반사되어서 우리의 위치를 볼 수 없을 거예요."

시티 페클로 침투 작전의 인원들은 이미 신대륙 동부에 도착한 상태였다.

시티 페클로로 추정되는 좌표 지점에서 고작 6km 떨어진 장소였다.

《마탄의 사수》 49권에 계속

토이카_ 죽지 않는 엑스트라

'믿고 보는 토이카'가 여는 새로운 모험의 세계
살아남고 싶은 엑스트라의 유쾌한 반란이 시작된다!

던전 도시를 다스리는 셰어든 후작의 둘째 아들, 에반 디 셰어든.
유복한 환경에서 넘치는 사랑을 받으며 자란 철부지 소년 에반은
어느날 자신의 전생이 지구인 여반민이었다는 사실을……
그리고 여반민의 29년 삶의 기억 속에는,
지금 그가 사는 세상과 똑 닮은 게임인
〈요마대전 3〉에서 허무하게 죽어 나갔던
'엑스트라 에반'도 포함되어 있었다!

"절대로 죽지 않을 테다. 절대로!"
에반은 과연 죽지 않는 엑스트라가 될 수 있을까

은 재미와 감동으로 엄선된 장르소설 전문 출판 브랜드입니다.

토이카_ 환생은 괜히 해가지고

《나 빼고 다 귀환자》의 작가, 토이카
그가 선보이는 퓨전 판타지 《환생은 괜히 해가지고》!

"마생(魔生), 아니지. 인생(人生) 진짜……."

마왕군 서열 4위에 빛나야 할 삶을 용사의 칼 끝에 날려버린 아르페.
죽고나서 눈을 떠 보니 인간으로 되살아 났다.
전생의 기억으로 다시 사는 삶 속에서 아르페의 지략과 배짱은 천하무적!

인간 아르페의 인생에서 짐짝, 아니 동반자인 메테르.
적이라면 앞뒤 가리지 않고 베었기에 전생의 아르페도 거침없이 베었다!

너무 어울리지 않기에 가장 잘 어울리는 마법사와 용사의 동반모험 개시!

토이카_ 쏘지 마라 아군이다!

폭주한 마법으로 인해 언데드의 대지로 화한 제국.
제국을 정화하고 새로운 희망을 심기 위해
신은 무수한 세계로부터 용사들을 소환하였다.

평범한 지구인이었던 이신우 역시 그곳에 소환되었다.
"언데드로."

〈환생은 괜히 해가지고〉, 〈나 홀로 로그인〉의 작가 토이카!
범접할 수 없는 독창적인 상상력의 작가가 선보이는 새로운 판타지 월드!

토이카_ 나홀로 로그인

〈환생은 괜히 해 가지고〉, 〈나 빼고 다 귀환자〉의 작가 토이카.
그의 좌충우돌 이야기가 시작된다.

11살 정시우는 항상 체육 시간에 혼자 노는 수밖에 없었다.

"난 구기 열외야."
"왜 너만 열외야? 장난하냐?"
"내가 나가면 나머지 인원이 전부 열외되거든. 물리적으로."

정시우에게 있어 힘이란 갈고닦는 것이 아닌 타고나는 것이었다.

누구보다 특별하다!
지금, 현대 역발산기개세 정시우의 화려한 던전 공략 플레이가 시작된다.

은 재미와 감동으로 엄선된 장르소설 전문 출판 브랜드입니다.